星野君江の事件簿

小森健太朗

南雲堂

星野君江の事件簿

カバー写真／大川裕弘

目次

チベットの密室

（作者付記――この作品は、原型を著者が十四歳の頃書いて、第五回「幻影城」新人賞に応募しようとしたものです。この作品中のチベットは、不正確に描かれていて、実際のチベットと異なっていることをお断りしておきます）

＊

われらの名探偵、星野君江の探偵事務所は、場末のうらぶれた通りに面した『ムーンライトビル』という建物の三階にある。

君江嬢はその事務所を自らの住居として、日がな一日探偵小説や犯罪関係の著書を読みふけっているが、わたしは彼女の助手として、生活・仕事両面で彼女を手伝っているのみならず、探偵事務所の生計を支えるために、中国語の通訳の仕事をしたり建設作業員の仕事をしたりして、週に五日は勤労をしている日々であった。

わたしが彼女の助手を勤めるようになったのは、ひょんなことからある事件に巻き込まれたことがきっかけだった。その事件でわたしは、はじめて彼女と知り合っただけでなく、あやうく殺されそうなところを彼女に助けてもらったという恩義を蒙っているために、それ以降彼女の探偵業の仕事を手伝うようになったのであるが、そのときの経緯については、いずれ別の機会に稿をあらためて語りたいと思う。

今回の事件は、わたしが彼女の助手を勤めるようになって半年ほどたったある秋の日のできごとであった。あえて題名をつけるなら、〈チベットの密室〉とでも呼ぶのがふさわしい、奇妙な事件であった。

その日は近くの工事現場で建設作業員の仕事をして日当を貰い、へとへとになって事務所に出勤してみると、君江嬢はつまらなさそうな顔をして、ソファに寝転がってコリン・ウィルソンの『殺人百科』を読んでいたところだった。

「お帰り。遅かったわね」

わたしの方を見向きもせず、相変わらずのぶっきらぼうな言い方で彼女は声をかけてくる。

「今日はちゃんと日当を貰ってきたよ。ほら」

お金の入った封筒を差し出したが、それでも彼女は本から眼をあげようとしない。

彼女から何の反応もかえってこない気まずい沈黙を埋めるために、わたしは、

「なにか仕事の依頼はなかったかい?」と訊ねた。

ところが、この問いが藪蛇だったようだ。

「あるわけないでしょ!」

　君江嬢はこちらを向き、長い黒髪を振り乱して、不機嫌そうな怒鳴り声をあげた。

「そんなものがあったら、あたしがこんなところで寝そべってるわけ、ないでしょ！」

　その年の春には、君江嬢は事件解決のための依頼を受けて、インドのロナバラという町にまで赴き、そこで起きた富豪変死事件を見事に解決していた。その途中で、ひょんなことから巻き込まれたボンベイの町での、奇妙な列車内の殺人事件の解決にも貢献するという輝かしい成果をあげていた。だが、それ以降これという事件に恵まれておらず、君江嬢の欲求不満は募る一方だった。その、インドに行ったときに現地で購入した星型のティラクをいつも額につけていて、肌の色も褐色に近いため、君江嬢の容貌は日本人ばなれして見える。実際、サリーをつけてインドを歩いていたときは、すっかり向こうの風景に溶け込んでしまい、インド人もみな彼女を同国人と信じて疑わなかったものだ。もし前世というものがあるのなら、たぶん彼女の前の人生はインド人だったのだろう――君江嬢を正面からみて、わたしはなんとなく、そんな連想をした。

　彼女のいかにも不機嫌そうな顔を目の当たりにして、わたしは溜め息をつき、ぼそっとした声で、

「こんな調子じゃあ、ぼくらの探偵事務所も失業・閉鎖ということになりかねないな……」と言った。

「『ローウェル城の密室』のパリワンヌ伯みたいなこと言わないでちょうだい。それで、と。できればマテ茶が飲みたいわ」

「あ……今いれるよ」

わたしはあわてて台所に飛んで行った。

戸棚からマテ茶の葉を取り出していると、隣室から、

「そうそう。あなた宛に手紙がきてたわよ」との声が届いてきた。

「手紙……?」

保温ポットに入っていたお湯を急須に注ぎ入れながら、わたしは首をひねった。

「なんでも、あなたの中国帰りの友人といってたけれど……」

そう言われてわたしは思い当たった。

最近中国から帰って来た友人というと、卓球の選手として日中親善試合のために中国に渡っていた林晴之しかいない。

「それは林だろ? 彼からの手紙だろう?」

「そう。手紙をもってきたのは、その林って男だけど、この手紙の差出人は別人よ」

「林がもってきた?」

「ええ。三時間ほど前の、たしか午後四時ごろだと思うわ。あなた宛に手紙をことづかっているって、その林って人が直接ここに来て、手紙を置いて行ったの」

「誰だろう?」

首をかしげながらわたしはその手紙を受け取った。

茶色いハトロン紙の細長い封筒で、厚さからみて、中には便箋が数枚はいっているようだ。

裏に書かれている手紙の差出人と名前をみると――呉明順となっていた。

「呉明順か！」

その名を見た途端、わたしの記憶に灯がともった。

「知り合いなの？」

「ああ。一昨年に、ぼくが瞑想を学ぶためひと月ほどチベットを旅行したことがあっただろう。そのとき現地で知り合ったんだ。ラサにある小さなホテルの経営者で――小さいといっても、ラサでは一、二を争う豪華なホテルなのだが――ぼくがその泊まり客だったんだ。呉は元々チベット人だが、漢民族同化政策のもとで漢字名を名乗っている」

「ずいぶん親しくなったの？」

「まあそれほど親しくなったというほどでもないが、ずいぶん日本びいきのおじさんでね。日本の文化全体にひとかたならぬ関心をもっていたからね。それで、日本からの珍しい長期滞在客ということで、ぼくに積極的に話しかけてきたりしてね。話の好きな、気さくな人だった。彼と話をしているときに、君のことを話題にした憶えがあるな」

「あたしのことを？」

「そう。日本には星野君江っていう素晴らしい名探偵がいて、自分はその助手だって自慢した憶えがある。懐かしいな。でも、その彼が、なんでまた今ごろになってこのぼくに手紙なんかをよこしたりするんだろう？」

首をひねりながらわたしはその手紙の封を切った。

そしてざっとその手紙を一読した。

「どお？　なんて書いてあった？」

半分からかうような声で君江嬢は訊いてくる。

「……大変だ」

「大変ってなにが大変なの？」

「友人の呉明順は、殺人の容疑をかけられて警察に勾留されているらしい」

「殺人の容疑？」

「だから、かねて名探偵と評判を聞いている君に、事件の解決を頼みたい、と言ってきている」

「あたしに依頼を？」

「そう。彼が犯人でないとすると、犯人は完璧に戸締まりのされた部屋に入って、被害者を殺したことになる——これは、君の好きな密室の問題だぜ」

＊

しばらく間をおいてから、彼女はゆっくりと言った。

「そう。じゃあ、あたしにとって、久しぶりの事件の依頼者ってことになるわね。でも、報酬についてはどう言っているの？」

「そのことについては、何も書いていない」

「あたしにしても、無料で働くってわけにはいかないのよね。それに、これからチベットにまで出張するってわけにもいかないしねえ」

「とにかく、まずはこの手紙を読んでくれないか」

「わかったわ。じゃあ、あなた、訳してよ」

「わかった」

そしてわたしは、中国語で書かれたその手紙を、彼女のために日本語に訳し始めた。

日本の親愛なる友人、常田清純さま

突然手紙を差し上げる無礼をお許し下さい。

私のことを憶えていらっしゃるでしょうか。貴殿がチベットにご滞在中は、いろいろと日本の興味深い話をうかがわせていただいた、呉明順です。

実は現在私は、身に憶えのない殺人容疑で警察当局に拘束され、取り調べを受けています。殺人もその被害者も私にはまったく心当たりがないのですが、現場の証拠が私に不利な情況を示しており、このままでは私は殺人犯として処断されてしまいそうなのです。

そこで思い出したのが、かつて日本からいらした貴殿のことです。貴殿から、日本では並ぶ者のない名探偵の助手を勤めているという話を聞いたことを思い出しました。それで、私の窮状をお救い下さるよう、貴殿からその名探偵様にお願いしていただけないでしょうか。

是非にお願い申し上げる次第です。

警察の眼を盗んでこの手紙を書いておりますので、詳しいことを書いている余裕はありませんが、その殺人事件の状況を簡単に説明申し上げます。

今月十一日の夕刻、北京《ペキン》から派遣された中国政府の官僚の一行十二人が、チベットのラサ自治政府との交渉のために、このチベットを訪問し、わがホテルを宿泊場所としました。中央政府の官僚の方たちにご利用いただけるのは、私どものホテルにとりましても大変名誉なことでございますから、私どもはひと月以上も前から、その準備をすすめ、手配万端怠りなきよう最善をつくしてまいりました。

一行がわがホテルにお着きになったのは、十一日の午後四時ごろで、用意しておりました三階の部屋にご一行を案内申し上げました。その階は、このホテルで最も高級な部屋のあるところで、その階はご一行の貸切りという形にしておりました。

午後六時ごろにはご一行に夕食をご用意いたしまして、ご歓談いただき、その後は酒宴の席をもうけて、一同をもてなしました。そこまでは万事予定どおり、つつがなく進行していたのですが……。

殺人が起こったのは、その翌朝のことです。

常田様も憶えておられるかもしれませんが、私どものホテルの敷地には、南側の中庭に、物置としてときどき使っている古い、小さな小屋があります。本棟の三階にある南側の廊下を通るときに、ガラス窓越しに見下ろしますと、ちょうど天窓を通して中が覗きこめるような位置にあります。

翌十二日の朝、その小屋で死体が発見されたのです。

一行の役人の一人が、胸を刃物で刺され、刺殺死体として、その小屋で発見されたのです。それをたまたま見回りに行ったメイドの一人が、翌朝の午前八時ごろに発見し、すぐに警察に通報しました。

その小屋の戸の鍵は一つしかなく、いつも私が保管しております。日中は、従業員がときどきその小屋を使うこともあるので、たいてい鍵は開けたままにしてありますが、夜はいつも施錠しております。

その晩は、係のメイドが午前零時頃、戸締まりをしてまわっているときに、鍵が開いているのを見つけ、私が保管している鍵を借りに来て、その部屋の鍵を閉めております。その時刻については、他の従業員の証言もあるので、午前零時頃と考えて間違いありません。

その後鍵を閉めたメイドは、すぐフロント脇にある私の部屋に戻ってきて、私に鍵を戻しました。それが、零時を数分まわった時刻です。

次の日の朝、その小屋に置いてあった金具が必要となったので、午前七時ごろ私は、従業員の一人にその小屋の鍵を渡して、金具を取ってきてもらうよう頼みました。従業員は、鍵をもってその小屋に行き、戸を開けて、入口付近に置いてあった金具を取ってすぐに戻ってきました。私は鍵を渡すときに、前もって、その小屋の戸は開け放しておいてよい、と言っておきましたから、彼は、その小屋の戸は開けたままにして帰ってきました。

その従業員がその小屋から戻っておよそ一時間後に、そこが殺人死体の発見現場となったのです。金具をとってきた従業員は、そのときは小屋の奥まで見ないまま帰ってきたのですが、午前八時頃に建物の窓からたまたま小屋の方を見た従業員の一人が、小屋の中で人が倒れているらしいことに気づいて報せてきたのです。

その小屋の鍵は、普段は私が寝泊まりしていた部屋に置かれていて、その日も、私が朝持ち出すまでは、ずっといつもの場所に保管されていました。この小屋の他の合鍵はないか警察に訊ねられましたが、これ以外に鍵はないと私は断言しました。

このホテルのオーナーであり経営者である私は、すべての部屋の鍵を保管し掌握する立場にいる者として、その小屋の戸の鍵に替えがないことを誰よりよく知っています。警察当局も、合鍵をつくる業者を調査した模様ですが、そのようなものが作られた痕跡は、まったく見つかっておりません。また、夜中に私の目を盗んでこっそりその鍵を持ち出した者がいないかとも訊ねられましたが、これも結論から申せば、まったくありえないことでした。

この死者の死亡推定時刻ですが、胃に食物が残っていなかったことから、これという決め手が得られなかったらしく、午後十時から午前二時までの間という、はなはだ曖昧な推定結果しか得られなかったようです。

その被害者となった人物に、殺人を招くような動機があったかどうかは、目下のところ調査中で、はっきりしたことはわかっていません。ただ、一つ、気になる証言として、夜中に、官僚たちの泊まっている部屋で、口論というか、いさかいめいたものが聞こえてきたのを、うちのメイドが耳にしております。誰がそれに加わっていたのかははっきりしませんが、部屋の位置からすると、その被害者が加わっていた可能性が高く、警察としても、殺人の動機になにか関係があるかもしれないとにらんで、調べている模様です。

　私には、殺人を犯すはっきりした動機が見当たらないせいで、正式に殺人の容疑者として逮捕されることは免れておりますが、以下に述べるように、殺人の機会があったのは私しかいないと目される状況にあり、私はきわめて不利な立場に立たされているのです。

　死体が発見された小屋は、窓は内側から鍵が掛かったままで、壊された形跡や人が侵入した跡は見当たりませんでしたから、人が中に入るには戸を通るしか方法がありません。その戸は、午前七時に私が鍵を渡した従業員が開けるときまでは、閉まっていたわけですから、死亡推定時刻とつきあわせてみると、犯人がその小屋で殺人を犯したのは、午後十時からメイドが戸締まりをする午前零時までの間ということになるはずです。

　そこまでの話なら、犯人はその小屋の戸が閉まるまでの午後十時から午前零時までの間に、その部屋で殺人を犯すか、被害者を殺してその部屋に放り込むかしたのだろうと推定されるだけで、特に私が疑われる状況にはならなかったのですが、三階に泊まっていた官僚の人たちの中に、次のように証言する者が出てきて、状況が一変したのです。

　被害者は午前一時頃までは生きていて、自分たちは彼と一緒に酒を飲んでいた、というのです。その証言をする者が一人ならず、三人も現れました。

　だとすると、どういうことになるでしょうか。

午前零時にメイドが小屋の戸を閉めたときに、まだ殺人は完了していなかったことになるのでしょうか。

三階にいた人たちの証言を信じるかぎり、そうとしか考えられなくなります。証人が一人しかいないなら、勘違いとかでっち上げの可能性も疑われますが、三人が口を揃えて証言しているとなると、信じないわけにはいかなくなります。生きている被害者を見たという時刻に関しても、彼らは一様に、午前一時頃だといっていますから、時刻の勘違いという可能性もなさそうなのです。

被害者と酒を飲んだという証言は、三人も証人がいるからには、信じないわけにはいきません。もし、殺人が午前零時以前に行なわれたのなら、戸が開いていた小屋に誰でも忍び込むことができたと言えるわけですが、零時以降に殺人が行なわれたとすると、施錠されていた小屋には誰も忍び込むことはできないはずです――鍵の保管者である私を除いて。

したがって、その殺人を行なうことができたのは私だけ――と、なってしまったのです。しかし、どうして私がその役人様を殺さなければならないというのでしょう。私は、その被害者の顔見知りでさえなかったのです。

しかし、あの小屋は零時以降には、たしかに施錠され、人の出入りは完全にできなかったはずなのです。犯人は、一体どうやってその小屋で殺人を犯すことができたのでしょうか。状況は、私以外にその殺人を実行することが不可能であることを告げています。一体、あの小屋で何が起こったのでしょうか。

ああ、常田様、そしてまだ見ぬ名探偵様。どうか私をお助け下さいませ。私は天地神明に誓って殺人などしておりません。私は無実です。

この手紙は、私のホテルをよくご利用になる卓球の林選手に託させていただきます。国を越え、私を救出に来ることなどできるはずがない——そうおっしゃるのは、目に見えています。しかし、今の私は、藁ほどの希望にもすがらざるをえないのです。どうかお察し下さい。

十月十七日

呉明順

チベット　ラサにて

*

少し長めの朗読兼翻訳を終えて、わたしはホッと息をつき、コップの水を飲んだ。

「大体以上だよ、君江ちゃん」

「ふうん」

椅子に坐って気難しそうに耳を傾けていた君江嬢は、わたしが話し終えると、組んでいた足を組み替えながら、

「その手紙にお金は入っていないの？」と訊いてきた。

「入っていないようだね。こんな郵便物に現金を入れることは、たしか法律で禁止されていたんじゃないかな」

「無報酬じゃ事件を引き受けるわけにはいかないわね」

「しかし、この事件の解決に貢献できれば、彼もなにがしかの謝礼は払ってくれるだろう」

「その金額は、あなたが取り立ててくれるの？」

「そうだね。それは何とか尽力しよう」

「たとえちゃんと報酬がもらえるにしても、あたしは忙しいから、その事件のためにチベットに出張するなんてわけにはいかないわよ」

「その費用もないしね」

「ええ。といって、日本にいたまままじゃ、この事件の謎を解くなんて、できっこないわね」

「この手紙だけじゃ、データ不足だよね」

「そう、何よりもデータが足りなさ過ぎるわ。被害者をはじめとして、このホテルに泊まっていた役人十二人の人となりとアリバイ、それにこのホテルに泊まっていた他の客や従業員たちのそれ、そして何よりこのホテルと死体発見現場の実地状況――こんなことがほとんど何もわかっていないじゃない。これじゃあ、あたしがいかに名探偵でも、事件を解決しようがないわよ。でも、あなた、このホテルに泊まったことがあるわけでしょう？　その小屋のつくりとか、周りの状況とか、覚えてる範囲でいいから説明してくれない？」

「覚えてる範囲っていわれても……」少し困惑してわたしは頭をかいた。「そう言えば、そんな小屋もあったかなあって思い出すくらいで、つくりとか状況っていってもなあ……」

「窓とか戸に仕掛けをする余地はあった？」

「ううむ……。なんの変哲もない小屋だったと思うんだけど……」

「外から、針と糸を使って工作をする隙間とかなかった？」

「隙間っていうと、普通の部屋と同じくらいじゃなかったかなあ」

「普通の、って言われてもなんの説明にもならないじゃない」

非難がましい眼つきで君江嬢はわたしを睨んだ。

「そういう仕掛けができるかどうかを聞いているのに」

「その小屋に行ったことがあるわけじゃないから、よくわからないよ」

わたしは、そう抗弁した。

「まったくもう役に立たないわね。そういった可能性も吟味できないなんて」

「ううむ。だって、そんな細かいことなんて、調査するためとかで観察しないと、わからないよ」

「あなたときたら、記憶力もあまりよくないしねえ」

「この手紙から、思いつくことって何かないのかい？」

「できることといったら、あれこれと可能性を憶測するくらいしかないけれど、まず気になるのは、被害者と酒を飲んだっていう証人の話ね。その証言は、はたしてどれくらい信用できるのか——時間を誤認しているとか、あるいは証言そのものが偽証ではないのか、とかね」

「でも、三人もが口を揃えて証言しているわけだろう？」

「その三人が三人とも、共犯である可能性だってあるわけでしょう？」

「そりゃまあね……」

「あるいは、その小屋の戸を閉めに行ったメイドが犯人である可能性」

「でも、彼女が午前零時に鍵を閉めたっていうのは、ほかの従業員も確認しているっていう話だけど？」

「何らかの方法で、そのメイドが鍵を閉めたという時刻を誤認させていたとしたら？」

「でも……」

「そのメイドが犯人だとして、事前にこっそり、その呉っていうオーナーの部屋の時計の針を動かしておいたって可能性だってあるでしょう？　その場合、そのオーナーは、午前一時すぎに鍵を受け取ったのに、それが午前零時すぎであると思い込んだってこともありうるんだから……」

「でも……」

その説は、いかにも現実味がなさすぎる——思考力の弱いわたしでも、それくらいのことを感じることはできた。しかし、君江嬢はわたしよりずっと思考の展開力が早く、喋りも早口なので、到底まともに反論を差しはさんでいる余裕がない。

彼女は、わたしの考えていることを読み取ったかのように、息をついて、

「わかってるわよ。こんな仮説が、どの程度の現実性をもっているか——とにかく、現場の状況がもっとわからないことには、なんとも言えないのよ」

そう言って彼女は、肩をすくめた。

「とにかく、折り返し手紙を書いて、もっと詳しい状況を知らせるよう呉さんに伝えなさい。これだけのデータじゃ、いかにも埒《らち》が開かないから。それと経費の支払いも忘れないようにって」

「わかった」

わたしはほうーっと溜め息をついた。

「そうするよ。しかし、チベットまで手紙が届くのは十日くらいかかるから、向こうから折り返し第二便がくるのは、早くても三週間くらい先になるな」

「じゃあ、そのときまでこの事件はお預けってことね」

そう言って君江嬢は、つかつかと奥の自室へと引っ込んで行った。わたしはやれやれと息をつき、テーブルの前に腰を下ろして、呉明順にあてた手紙を書き始めた。

＊

わたしがその手紙を書き始めて数分たったころ。

突然ばたんと扉を開けて、君江嬢がわたしのいるリビング兼客室へと入ってきた。

顔は蒼白で、荒い息をしている。

何か深刻な事態に直面したときのような、思いつめた表情をしている。

「ど、どうしたんだい――⁉」

ちょっとびっくりしてわたしは訊ねた。

「わかったのよ」

「わかったたって何が？」

「その手紙に書いてあった事件よ」

「なんだって⁉」わたしは驚いて訊きかえした。「まさか、君はこの事件の犯人までもがわかったというのかい⁉」

「いえ、さすがにそこまではわからないわ。いさかいが起こったらしいという証言もあることだから、おそらく、その被害者と一緒に役人、十一人の中に殺人犯がいるだろうとは思うけれど――それ以上に犯人を限定することは無理ね。でもとにかく、その呉明順さんが無罪であることを証明することはできそうよ」

「その根拠がわかったというのかい？」

「そうよ」

「この手紙に書いてあったことだけで？」

「そうよ」

わたしは面くらい、あらためて呉明順からの手紙を見返した。そこに書かれている事件の内容は、概要としても非常に不充分なもので、到底そんな推理をめぐらせる余地などありそうにない。この手紙のどこに、そんな手掛かりがひそんでいたというのか。

わたしは訊ねた。

「どうやってそれを証明するっていうんだい？」

「この人が犯人であると疑われたのは、ある誤解によってなのよ。その誤解がとければ、彼の濡れ衣もはれるのよ」

「その誤解がわかったっていうのかい？」

「ええ」

「この手紙を読んだだけで？」

「ええ。そうよ」

「この手紙のどこに、そんな手掛かりが書いてあったんだい？」

「最後の一行よ」

「最後の一行？」

そう言われてわたしはもう一度呉からの手紙を見返した。

最後の一行に書かれているのは、「チベット　ラサにて」ということだけである。これが一体、何の手掛かりになるというのだろう。わたしは首をひねらざるを得なかった。

「さっぱりわからないよ。君江ちゃん、説明してくれよ」

「いいわ。説明してあげましょう」

そう言って君江嬢は大きく息を吸い込んだ。

「日本から別の国に行けば、国によって時間がそれぞれ変わってくるから、それに応じて時計を動かさなければならないっていうのは、あなたも外国に行った経験があるから当然知っているでしょう」

「ああ。時差ってやつがあるからな」

「そう。国によってそれぞれの標準時っていうのがあるわけね。日本はそんなに国土面積の大きい国じゃないから、全国一律に同じ標準時一つで済むけれど、もっと大きい国ではそうはいかないわ。アメリカ合衆国やオーストラリアには四つか五つの標準時があるわ。ロシアにはいくつ標準時があるか知ってる?」

「うーんと、十くらいかな?」

「そう。正確には十一の標準時があるわね。じゃあ、中国にはいくつ標準時があるか知ってる?」

「ええと、中国ってたしかアメリカと同じくらいの広さがあるんじゃなかったかな。だとするとやっぱり、四つか五つくらいあるんじゃないの?」

「そう思うでしょう。ところがね、中国は一つの標準時しか採用していないの。あれだけ広い国土があるのに、標準時は一つ、北京を基準にしたものしかないのよ」

「北京って、中国全体でみるとかなり東に寄ってたんじゃなかった?」

「そう。国全体の中心からみると、だいぶ東にずれているわね」

「へえ。すると北京に近い地方はいいが、遠く離れた西方のウイグルやチベットなんかは、実際の生活時間と大きくずれて不便だねえ」

「そう。だからチベットなんかは、自治区内では独自の別の標準時を使っているのよ」

「じゃあ、中国国内にも複数の標準時があることになるじゃないか」

「違うの。これはあくまで自治区内でのみ通用しているものであって、アメリカやロシアのように、国として正式に制定しているものではないの。そういう中国ではね、北京からチベットのような辺境区（中央政府からみての話よ）に役人が派遣されても、時計をチベット時間に合わせたりはしないの。あくまで北京での標準時に従って行動するのよ」

「じゃあ……」

「そう。この事件で被害者がまだ生きていたと証言した役人の言う午前一時は、チベットの午前一時ではないのよ。これはチベットでいうところの前日の午後十一時くらい、つまりそのメイドがその小屋の戸を閉める以前の時刻なのよ。だから、呉以外の誰でも、この事件の犯人たりうるのよ。呉が犯人と目されたのは、殺人がチベット時で午前一時以降に行なわれたとする、誤った推定のせいなのよ」

「なるほど」わたしははたと手を打った。

「それならすべてに筋が通る。呉は無実だったんだ。君のその推理で、彼の無実が見事に証明されたんだ」

「まあ、そういうところからしらね」

ちょっと得意げに髪をなでてあげながら、君江嬢は言った。

「よし、早速呉に連絡しよう」

「報酬の請求も忘れないようにね」

「わかってる」

わたしがそう応えたとき、扉をトントン、と叩く音がした。

「はい？」

とわたしが出てみると、電報の配達員が立っていた。

「電報です。中国、チベットの呉さんから、常田清純様あてに」

「呉から？」

「読み上げてもらえますか？」

「はい。読み上げます。

ゴカイトケタ。シャクホウサレタ。

以上です。それでは、印鑑をお願いします。ありがとうございました」

そうして、配達員はそそくさと去って行った。

わたしと君江嬢は呆然と顔を見合わせた。

やがてぽつりとわたしは言った。

「事件は見事、解決したようだね」

君江嬢はいかにもいまいましそうな表情で、たった一言。

「あたしは一体何のために推理させられたのよ！」

インド・ボンベイ殺人ツアー

ACT・1　ボンベイ市、オーロラガーデン

三月は、インドでは既に夏である。

春や秋といった、過渡的で情感的な季節は、この国にはない。三月の上旬のある時期に季節は突然、冬から夏へと豹変し、その後には雨季がくる。インドの季節の区分は、まことに簡単かつ明瞭、日本のように不分明なところはどこにもない。

一九九六年三月六日——既に夏になっているインドの、ボンベイ市日本領事館に私たちはいた。われらの名探偵・星野君江嬢は、ロナバラで生じた変死事件を解決するためにインドに乗り込んだのであるが、意に反してボンベイ市で足止めをくわされていたのには、以下のような事情があった。

私たちがインドに到着してからの経緯を簡単に報告しよう。

ボンベイ空港に到着し、はじめてインドの大地におりたった私は、空気の肌ざわりが日本とひどく違うことに驚いた。空気全体が塊のように重く淀んでいて、スモッグと糞尿の混じった

ような匂いが都市全体にたちこめている。時折風のようなものが吹くことがあっても、重たい空気が動いたのを感じるだけで、涼しさや、すがすがしさを感じることはついぞない。

私たちは成田空港からの直行便に乗ってボンベイに到着したのだが、目的地はボンベイではなく、そこから列車を乗り継いでロナバラという土地に向かう予定であった。

つい先日の三月一日、ロナバラ郊外の邸宅でインド人の富豪が変死をとげ、そのインド人と結婚して当地に住んでいた日本人女性がその殺人容疑で逮捕されそうになっているという事件が発生していた。日本に住むその女性の友人から、その容疑者となっている女性の無実を証明するようたっての要請を受けて、われらの名探偵・星野君江嬢と私は、この事件を解決するためにインド入りすることになったのである。

ボンベイ空港に近接したホテルで一泊し、翌朝、ボンベイの町に出て空を見上げると、雲一つない、ぬけるような青空がひろがっている。聞いたところでは、この地では、雨季の限られた一時期を除いて、まったく雨が降ることがないという。空に白雲がかかることさえ珍しいらしい。

おかげで、ぎゅうぎゅうに荷物を詰めこんだスーツケースの中に、雨傘を入れていた私は、君江嬢から、「無駄なものを持ってきたのねえ」と馬鹿にされる始末。この傘の件にかぎらず、他にもいろいろと無駄な荷物を多く運んできた一方で、インドでは必須とも言うべき胃薬や虫除けを欠いていて、さんざん彼女から文句をいわれてしまった。しかし、以前に何度かインドに来たことがある彼女と違い、この新天地にはじめて足を踏み入れた私にしてみれば、何もかもわからないことだらけで、荷物の準備にいくらか不備があったところで、仕方のないところであろう――そう自己弁護したくなるのだが、面と向かって彼女に抗弁できない私としては、「はいはい、すみません」とひたすら謝るしか対応のしようがなかった。

ボンベイに着いたのは三月四日の深夜で、空港からタクシーを飛ばして予約していたホテルに入ったのは、午前零時をまわった時刻だった。私たちが予約している、ボンベイからロナバラ近くに向かう汽車の一等車は、出発が翌日の夕刻となっていたので、五日の日中は観光を兼ねて、ボンベイ市の中心街へとくりだしたのである。

インドの道路はどこも、まるで数百年の歴史が一堂に会したかのように、ごった混ぜ状態である。牛車や家畜がわがもの顔に通っていく一方で、最新のアメリカ車やドイツ製の車が路上を走り、数十年前に生産された古めかしい、骨董品としか思えない車両が走っていたりする。車両の進行方向も混沌とし、違う方向に進む車両が路上をいり乱れているため、いくら観察しても、インドでは車が右側通行なのか左側通行なのかよくわからない。車両に混じって頭上にものを乗せた女性や子どもたちが、黒塗りの力車《リックショー》やタクシーで混み合う道路を、平然と横切っていく。砂ぼこりと排気ガスでひどくけむたい路上は、牛馬の糞尿が垂れ流され、臭いことこの上ない。とんでもない国に来てしまったものだ――ボンベイの町に出て、私はつくづくそう思った。

君江嬢の方は、旅慣れているせいか、それともこの国が性に合っているのか、ひょいひょいと要領よく道路を渡っていき、呼び止めた力車の運転手に、行きたい目的地を告げて、値段の交渉をはじめる。

「十五ルピー《フィフティーン》?」君江嬢は、運転手が告げた値段を聞くと驚いたような声を上げ、「高い《トーラー》、高い《トーラー》。十《テン》? オーケー?」などと言っている。

褐色の肌をした初老の力車の運転手が、仕方ない、という風に肩をすくめたので、君江嬢は、にこっと微笑《ほほえ》んで後部座席へと乗り込み、あわてて私もその後にしたがった。

「慣れたものだね」力車の低い戸をくぐりながら、私は彼女に話しかけた。「ぼくなんか、言葉が話せないものだから、相手の言われるままのお金を渡しちゃうよ」

「言葉なんて知らなくたって、英語で数字が数えられれば充分よ。こういう力車乗りって、日本人とみると、大抵ふっかけてくるから、注意しないとだめよ」諭すような口調で君江嬢は言う。「さっき売店でタリフカードを買ったんだけど……」

「タリフカードって?」

「力車の運賃表よ。走行距離に応じた料金がルピーで書かれているわ」と言って君江嬢は、小さな白い紙をポケットから取り出した。「前にここに来たときよりは、さすがに値上がりしてるわね。いま初乗り運賃は四ルピー(約二十円)らしいわ」

「えー。そんなに安いの。東京では、タクシーの初乗り運賃が六五〇円もするのに」

「七年前にはじめてインドに来たときは、たしか力車の初乗り運賃は二・四ルピーだったはずだから、インドの物価でみると結構な上昇率よね。でも、力車の運ちゃんって、日本人とみると、いきなり三十ルピー払えとか言ってくるのがいるし、乗ったときにちゃんとメーターを下げてもらわないと、貸切料金《ハイヤー》にしてふっかけてくるからね」

こうして私は、異国の地ではじめて、この「人力車」によく似た響きをもつ奇妙な車両に乗って運ばれることになった。戸のところに鉄の棒が渡されているだけで、窓も戸もなく、いたって開放的なつくりである。屋根つきのオート三輪というところだが、日本の道路を走る自動車を見慣れた感覚でみると、どこかおもちゃめいた乗り物に感じられる。しかし、インドの路上はどこもかしこもこの力車があふれていて、非常に安い値段で、気軽に町中を往来できるのだから、ある意味で、交通料金が割高で、渋滞が頻発する東京などよりよほど交通事情が良いと言えるかもしれない。

力車に運ばれて数分ほどで、私たちは〈オーロラガーデン〉と呼ばれる屋外レストランに到着した。

「ここのターリーってすっごくおいしいそうなの。ボンベイ、グルメガイドに書いてあったわ」

力車を下りながら君江嬢がそう言った。

「そ、そうかい？」

道路を渡るとき、またしても、「お恵み《バクシーシ》」を求める物乞いたちが、しきりにまとわりついてくる。手をのばした子どもの一人が、私のバッグのポケットに手を突っ込もうとしたので、私はあわてて身を引いて、五ルピー札を一枚渡して、そそくさと道を渡りきった。

〈オーロラガーデン〉は、十字路の通りに面してたたずむ、洒落《しゃれ》た屋外レストランだった。奥にある、ベンチのような席に腰を下ろした私たちは、早速、そのガイドの推奨品であるターリーを注文した。

「ああ、あとそれから、ビールもね。キングスフィーッシャー」

「ええ？」と私は声をあげた。「こんな昼間っからビールかい？」

「あら？　別にいいじゃない。インドのビールって、日本のより効くのよ」

注文した料理はなかなか来なかったが、ビールの方はすぐにやってきた。

君江嬢は、給仕のもってきたビールを早速あけるかと思いきや、瓶をいきなり逆さにして、水の入ったグラスにその口をつけたので、私は驚いて目を丸くした。

「一体、なにをしてるんだい？　おまじないかなにかかい？」

「グリセリンをぬいてるのよ」

「グリセリン？」

「ほら。水が黄色くなっていくでしょう」

見ると、確かに、ビール瓶の口をつけているグラスの水がどんどん茶色く濁っていくのがわかる。

「グリセリンが出てるのよ」

「グリセリンっていうと、爆発する薬かなにかだっけ？」

「ちがうわよ、それはニトログリセン。グリセリンっていうのは、アルコール類に混ぜると酔いの効果が格段に上がるんで、インドのビールにはたいてい入っているのよ。でも、発癌性があるとかいう理由で、たしか日本では使用が禁止になっていたはず」

「へえ？」

「だから、こうやって逆さにして水につけると、そのグリセリンがだいぶ落ちるのよ」

「はあん」

「そろそろいいかしら」と言って、彼女は瓶を元に戻し、自分のグラスになみなみとそのビールを注ぎ、さもうまそうに飲みはじめた。「ぷはぁーっ。うまい」

「そんなにいける？」

「ビールのアルコール含有率も、こっちの方がずっと大きいから、なかなか効くのよねえ。あなたも飲んでみたら？」

「え……でも……」

などと言いながら、ふとズボンのポケットに手をやった私は、ついさっきまでそこにあったはずの手応えが、失われていることに気がついた。

「……ない！」

きょとんとした顔つきで、君江嬢が訊《き》きかえす。

「どうしたの？」

「パスポートを盗《と》られてしまった……」

「え？……なんですって？」

「おそらく、さっきの子どもたちの、しわざだろう」

ゆっくりと、私は、そう言った。

「ちょっと！」

君江嬢が椅子を後ろに倒して猛烈な勢いで立ち上がったので、そのはずみでテーブルがひっくり返りそうになり、私はあわててテーブルの脚をおさえなければならなかった。

「あなた、あたしのパスポートも預かっていたでしょう」

「そうなんだ」と言って私はうなだれた。「やられたのは、君のパスポートが入っていた方のポケットだ。ぼくのパスポートは、別のポーチに入れてあるから、無事みたいだ」

もう一度持ち物をチェックした結果、被害にあったのは、ズボンの右ポケットに入っていたものだけであることが確認された。小銭も少し入っていたが、大した金額ではなく、問題となったのはやはり、私が預かっていた君江嬢のパスポートだった。

「……仕方ないわね」あきらめたように君江嬢が溜め息をつく。「行きましょう、警察へ」

失ったものが見つかるかもしれないという期待はあまり持てなかったが、一応私たちは近くの警察署に被害届けを出しに行くことにした。

はじめて行ったインドの警察署での対応は、きわめて事務的で冷淡だった。盗難の情況などの事項を用紙に書き込むという、通りいっぺんの手続きをさせられただけで、盗まれたものや盗んだ人物を見つけ出すという可能性は、当局側にはなからまったく念頭にないことがありありとみてとれた。

そういうわけで、私たちはボンベイの日本領事館に行く羽目となった。パスポートを紛失したことを報告し、再発行を申請するためである。

ACT・2　ボンベイ市、日本領事館

領事館は、ボンベイ市の中心部に寄ったところにあり、古風な煉瓦《れんが》づくりの建物であった。受付に事情を述べて、中に入ると、ソファが並ぶホールがあり、事務の受付をするカウンターが並び、日本の役所によく似た雰囲気である。そこのホールに、観光客らしい日本人の中年男性が、この領事館の職員とおぼしき日印両国のスーツ姿の人々に取り囲まれて、何やら剣呑な雰囲気でやりあっている。

その中央にいる日本人は、小柄な小太りの男性で、喋り方からすると、関西地方の人間と思われる。かなり憔悴《しょうすい》した様子で、額の汗をふきながら、たどたどしい口調で何かをしきりに訴えかけている。彼の隣りに坐っているターバンを巻いたイスラム教徒っぽい人は、領事館の人間ではなくその男の知り合いらしかったが、彼の周りを囲む数人の男たちは全員この領事館の人間らしいとみてとれた。領事館側の人間は、険しい表情で互いに顔を見合わせて、ときどき耳打ちしたりしている。どうやら、その日本人男性が何か非常に困った事態に巻き込まれているらしいということは、察しがついた。

私は一瞬立ち止まり、その人たちに話しかけようかどうしようか少し思い悩んだのだが、横の部屋から、スーツ姿の別の日本人領事館員が現れて、「パスポートをなくされた方は、そちらですか?」と訊いてきたので、

私は少しホッとして、「はい」と頷《うなず》いた。

君江嬢は、「そうよ」と平然とした風で応えたが、私の方は、パスポートのような大事なものをなくすなんて、と居丈高に叱られるのではないかと内心びくびくしていた。が、案に相違して、私たちを応対しにきてくれた、太田と名乗る日本の領事館員は、物腰がやわらかく、親切に応対してくれた。

たどたどしい口調でパスポートを盗まれた事情を説明すると、「よくわかる」と言わんばかりに、いちいちうなずいてくるものだから、この地ではそんなに頻繁に、日本人のパスポート紛失や盗難が生じているのだろうかと私は訝《いぶか》った。幸い君江嬢は、なくしたパスポートの、写真の載った頁のコピーを所持していたので、彼女自身のパスポートナンバーはそこに記載されていた。パスポート用の写真は、もう一度撮り直すことにして、再発行に必要なものはそれでこと足りるだろうということになった。

そこまでは、私たちと領事館員との話はとどこおりなく運んだのだが、パスポートの再発行までに二週間ほどかかると言われたのに君江嬢が口を尖らせたあたりから、雲行きが怪しくなった。

「そんなに待てないわよ」

君江嬢は、強く抗弁する口調で言った。「ロナバラの事件を解決しに、すぐボンベイを出なきゃいけないいんですもの」

「事件を解決?」太田は不思議そうな声で言って、ちょっと首をかしげた。

「あたしはそのために日本から呼ばれてやって来たのよ」そう言って君江嬢は、胸をはった。

「やって来たって？　どういう仕事で？」

「探偵よ。探偵。アイ・アム・ア・ディテクティブなの、ユー・シー？　わかる？　だから、そんなに待てないわけ」

太田は、まったくわけがわからないというように首を左右に振った。探偵という職業が現実に存在すること自体が、まったく彼には信じられない様子だ。彼は、君江嬢が名前・性別・職業などを記入した書いた用紙に目を落として、

「本当だ。探偵《ディテクティブ》と書いてある」とびっくりしたような声をあげた。

「失礼ね。あたしが、嘘を言っているとでもいうの？」

「いや、しかし、探偵という職業なんていうのはどうも……」

そのとき、不意に近くから、「あんさん、探偵はんなんですか？」という声が響いてきた。見ると、近くの席で、領事館員たちに取り囲まれて、汗を流していた日本人である。

「いま、ちょっと、友人が、厄介な事件に巻き込まれて困ってるところですねん。もしよろしかったら、力を貸してくれまへんか」

「へえ？」君江嬢は、甲高い声で訊きかえした。「厄介な事件って？」

「殺人です、殺人容疑で、わしの友人が捕まっとるんですわ。その、友人の濡れ衣を何とか、晴らしてもらえんやろか、ちゅうことですわ」

「ほおお」君江嬢は、嬉しそうな声をあげて身を乗り出した。「場合によっては、話に乗ってあげてもいいわよ」

「ほんまでっか?」と、その小男は身を乗り出して、「ぜひに、お願いしますわ」

「ただし」と言って君江嬢は、右手の人さし指をたてた。「無料ってわけにはいかないわよねえ」

その中年男性は、彼女の言葉に一瞬びくっとした様子だったが、すぐに気を取り直した様子で、

「そりゃもう、わしに払える範囲で、お礼はしまっさかい……」と汗を拭き拭き言った。

「いいわ。話を聞かせてちょうだい」

「おいおい」眉をしかめて、太田が話に割り込んできた。「勝手に話を進めないでくれ。大体、探偵なんていうのは、ちゃんとした職業じゃないだろう」

「まあ」むっとした様子で君江嬢は、眼鏡越しに太田を睨みつけ、「失礼ね。あたしは、ちゃんと私立探偵の開業資格をもっているんですからね」

「まあまあ」と私は中に割って入り、「ここでこうしてご一緒したのも、何かの縁ですから、事件を解決するとか引き受けるとかは別として、その、事件の話だけでもぼくたちに聞かせてもらえませんか?」

その私の言葉に、太田も君江嬢も少しむっとした様子で、お互いにちょっとの間睨《にら》みあっていたが、小柄な男が手を揉みながら、太田を無視して、

「そいじゃ、嬢ちゃん、聞いておくんなはれ」と君江嬢の方を向いた。「わしは結城《ゆうき》ゆうて、日本で不動産業をやってるもんです」

君江嬢は興味深げな目つきで眼鏡越しにその男を見下ろし、

「誰が殺されたの？」と質問した。

「殺されたんは、ここ、インドの不動産業者なんです。一昨日の三月三日、ジャバルプール行きの汽車の一等のコンパートメントでナイフで刺し殺されているのが見つかったんです。その、殺された男っちゅうのが、この界隈ではちょっと悪名高い、いわゆる〈土地ブローカー〉やったんや」

「土地ブローカー？」

「そう。日本と同じように、あくどい仕方で金を儲《もう》けようっちゅう輩《やから》が、このインドにもおるっちゅうことでんねん。ここ数年、インドの、特にこのボンベイのあるマハラシュトラ州は、えらい経済成長をしとる地域で、そのせいで土地の値段が急に上がりはじめてまんねん。日本でも、ちょっと前までバブルゆうとったころは、土地がえらい値上がりしましたやろ。この地方では今、バブル期の日本とよう似たことが起こっとるんです。そやから、金儲けの手段として、インドの、特にこのあたりの土地に目をつける外国人もぎょうさん出てくるようになりましてん。いま警察で調べられとるわしの友人も、そんな一人で、日本の土地は値下がり気味で儲けにならんけど、インドの土地は安くて投機しやすい、しかも今すごい値上がりをしているっちゅうんで、その土地を売買してひと儲けしたろう思うてここに来ましたんや」

「その、あなたの友人というのはどういう人なの？」

「国枝《くにえだ》ゆうて、やっぱり日本からきたわしの同業者です」

「とすると、不動産業？」

「さよです」

「ちょっと待ってくれよ」と太田が口を挟んだ。「よその国の不動産業者が、このインドの土地を売買するのは、非合法な行為ですよ」

「ええ。それは知っとります。だから、現地人のブローカーがいりまんねん」

「と言うと?」と私が問いを挟んだ。

「つまり、インド人のブローカーに金を渡して、その土地の名義上の所有者になってもらいまんねん。もちろん事前に打ち合わせて、手数料と、利益の何パーセントかはその名義代行をしてくれたインド人に支払うゆうことで契約を結びますが、大部分の利益は、出資者である外国人が獲得するっちゅうやりかたなんですわ。その土地の実質的な所有権は、資金を提供している、その外国人のオーナーにあるっちゅう形にするわけです」

「とすると、その現地人のブローカーとオーナーとの間に、完全な信頼関係が確立していないといけないんじゃない?」と君江嬢が訊く。

「そうなんです。その現地人のブローカーは、法律上の名義は自分のところにあるわけですから、悪質なタイプだと、オーナーの関知しないところで、勝手に土地を譲渡したり売却したりするやつかおるわけで——今度殺されたインド人のブローカーが、まさにその悪質なタイプだったんですわ」

「というと、自分名義のものになった土地を、オーナーの関知しないところで勝手に売却したりとか?」

「ええ。三年間の管理権とかを譲り受けたりして、土地が自分の名義になるやいなやさっさと横流しして、さんざん外国の資金提供グループをだましていたみたいで――わしの友人の国枝も、それでやられた一人です」

「お金をだまし取られたってわけね」

「ええ。でも、そのインド人にやられたのは、あいつだけやのうて、他の外国人業者もいっぱいおりまんねん。うちの国枝がやられたのは、まだ数千ドル単位の小規模なもんやったんですが、その何倍もやられた香港の業者とかもいたみたいなんですわ」

「とすると、その金銭トラブルが殺人の動機になっていると警察は睨んでいるわけね」

「さいです。殺されたその男は、経歴を洗ってみると実は、横領・詐欺まがいの悪行をさんざん重ねていたらしく、いつ殺されてもおかしくない男やったようなんですわ。そんな男にひっかかってしもうた国枝も、よっぽど運が悪いっちゅうことですなあ……」

「じゃあその被害者に対して、動機をもっているような人間はたくさんいたのね」

「ええ、そりゃもう……わんさかいたはずです」

「でも、特に、その国枝さんが疑われるようになったのは？」

「はい。それが、被害者が死ぬ前日に、金銭問題のことで激しい口論をしていたところを目撃されているためなんです。そやけど、国枝には、ちゃんと、れっきとしたアリバイがあるんでして。そのことを警察に訴えているのに、何ちゅうか、まったく全然相手にしてもらえまへんで、――まあ、わしらが英語をあまりうまく使えへんちゅうのが一番の原因でしょうが――それで、この日本領事館に相談にうかがった次第でして」

「その、アリバイがあるということの根拠は？」

「それは、このわし自身が証人やし、他にも、インド人の証人がちゃんといるんですわ」そう言って結城は、隣りに坐るターバン姿のインド人を指差した。「ちゃんとここにわざわざ来てもろとるんですわ」

「そちらの方が証人？」と君江嬢が訊く。

「さいです」と結城は頷いた。

「ふうん。それでその事件のこと、詳しく説明してもらえるかしら？」

「はい——もし英語が読めるんでしたら、まずはこの新聞を見てもろた方が、概略はつかみやすいと思いますが」

そう言って結城は、もっていた英字新聞を、私たちに呈示した。それは昨日付の新聞で、彼が指さした三面には、たしかにその殺人事件の記事が掲載されている。

「わしは英語は読めまへんのやが、そこに大体事件のあらましが書いてあるはずです」

私は英語の会話能力はあまり高くないが、書かれている英文ならかなり読解できる。君江嬢と私は、その記事に目を通しながら結城の話に耳を傾けた。

その新聞に書かれていることと、結城から聞いた話を総合すると、事件の概要は以下のようなものだった。この事件で被害者となったアナッタ・ムッケルジー氏の死体は、スラットからジャバルプールを経てヴァラナシに向かう急行列車のコンパートメントで発見された。ボンベイ在住のムッケルジー氏は、ジャバルプールに行く用があったらしく、その急行列車の一等車の個室をブッサバル―ジャバルプール間で予約していたらしい。ムッケルジー氏は、事件当日の朝にボンベイから列車に乗り、ブッサバルの駅で乗り換えて、午後二時二十分にブッサバルを発つその急行列車に乗り込んでいたらしい。その日の午後八時ごろに、途中の停車駅であるイタルシ駅に着いたときには、列車の車掌が彼の生きている姿を目撃しているという。イタルシ駅から、ムッケルジー氏の目的地であるジャバルプール駅までの間は、停車駅はなく、列車は時刻表に記されているとおり、その日の午後十一時二五分にジャバルプールに到着したそうである。そのジャバルプール駅に列車が停車しているときに、見回りにきた車掌によってムッケルジー氏が、胸部を刃物で刺された死体となって発見されたという。刃物が心臓を引き裂き、致命傷を与えた傷口が大きく胸部を横断していることから、被害者が自分で刺したものではありえず、殺人であると断定されたらしい。死亡推定時刻は、その日の午後十時から十時半までの間だというから、殺人が起こったのは、その列車が、イタルシを出てからおよそ二時間たって後ということになる。

「これがその列車のタイムテーブルの載っている時刻表です」

そう言って結城は、小型の雑誌サイズの本を取り出した。彼が開けたページを覗きこむと、たしかに彼が説明した急行列車の運行表が一番左側に掲載されていた（別表参照）。

私は、その列車の項の上にある、英字の説明書きのようなものを指差して、「このＡＣというのは、何です？」と質問した。

Table-2 ITARSI-ALLAHABAD (B.G.) Down 73

Kms Ex. Bombay	STATIONS		*4245 *4243	*1065	*1067	*6043	1387	*5645	1027	*1069
	Tran No.		Surat-BSB Tapti Ganga Exp. ACII &II PC	Bombay-Varanasi Ranagiri Exp. ACII&II Tri Wkly	Bombay-Faizabad Saket Exp. ACII &II Wkly	Madras Patna Exp. ACII, I,II PC, weekly	Bhusavai-Katni Fast Pass. II	Dadar Guwahati Bi-Wkly Exp. ACII I& II PC	Dadar-GKP Exp. I,II	Bombay Allahabad Tulsi Exp. Bi Wkly ACII &II
……	BOMBAY V.T VNS bk.	d	From Surat 06 10	05 05	05 05	From Mardras Dep.		From Dadar 07 55	From Dadar 06 40	05 05
444	BHUSAVAL V.N,S,bk.	a	14 10	13 30	13 30	13 20	——	15 50	14 50	13 20
		d	14 20	13 40	13 40		09 45	16 10	15 15	13 40
746	ITARSI JN,bk.	a	19 35	18 40	18 40	15 20	16 45	21 00	21 20	18 40
		d	19 55	19 00	19 00	15 40	17 55	21 20	21 40	18 50
756	Gurra S.	…	…	…	…	…	18 07	…	…	
764	Sontalai	…	…	…	…	…	18 18	…	…	
772	Bagra Tawa S.	…	…	…	…	…	18 29	…	…	
785	Guramkhed S.	…	…	…	…	…	18 44	…	…	
795	Sohagpur	…	…	…	…	…	18 56	…	22 20	↓
805	Sobhapur	…	…	…	…	…	19 07	…	…	
813	Pipariya bk. VGY	…	…	20 05	20 05	16 31	19 18	…	22 37	
832	Bankhedi	…	…	…	…	…	19 36	…	…	
838	Junehta	…	…	…	…	…	19 48	…	…	
849	Salichauka Rd,	…	…	…	…	…	20 00	…	…	
862	Gadarwara S.bk.	…	…	…	…	…	20 13	…	23 17	
875	Bohani S.	…	…	…	…	…	20 29	…	…	
882	Karapgaon	…	…	…	…	…	20 38	…	…	
891	Kareli	…	…	…	…	…	20 50	…	23 42	
906	Narsingpur S.G.	…	…	21 23	21 23	…	21 07	…	23 59	
912	Ghat Pindrai	…	…	…	…	…	21 16	…	…	
917	Belkhera	…	…	…	…	…	21 24	…	…	
922	Karak Bel	…	…	…	…	…	21 31	…	…	
938	Shridham	…	…	…	…	…	21 45	…	00 29	
950	Bikrampur	…	…	…	…	…	21 55	…	…	
961	Bhitoni S.	…	…	…	…	…	22 05	…	…	
974	Bheraghat	…	…	…	…	…	23 15	…	…	
987	Madan Mahal	…	…	…	…	…	23 26	…	01 09	
991	JABALPUR JN.	a	23 25	22 35	22 35	18 55	23 40	00 45	01 20	Via
	VNS bk.	d	23 35	22 45	22 45	19 05	23 55	00 55	01 30	JHS-
999	Adhartal	…	…	…	…	…	00 08	…	…	Banda
1008	Deori	…	…	…	…	…	00 20	…	…	

「それはエアコンつきの列車ちゅうことです」と結城がこたえた。

「じゃあ、この一番右端の列車に書いてあるBI—WKLYというのは?」

「二週間に一本しか運行がないちゅうことで」

なるほど、と私は頷いた。その頁に載っている列車の名前欄には、TRI—WKLYなどという注意書きのようなものが書かれている。日本とは違い、インドでは、週に一本とか二週間に一本単位で動く列車が結構あるものと見受けられる。これも、インドにはじめて来た私には、新鮮な驚きであった。

「その殺人があった列車は、毎日動く列車なのね?」と君江嬢が確認するように訊く。「WKLYとか、BI—WKLYという記述はないものね」

「へえ、そういうことで」と結城は頷いた。「それで、国枝には、れっきとしたアリバイがあるんだす」

「どういうこと?」

「あっしは、その日の午後十時すぎに、このピパリヤの駅のすぐ近くで、国枝と会っとりますんで」

「ピパリヤ?」

「この時刻表に載ってるでしょう。この急行が通過する駅の一つですよ」

そう言われて、時刻表をみるとたしかに、PIPARIYAという表記の駅がある。イタルシからジャバルプールまで、殺人のあった急行列車は、数えてみると二十三の駅を通過しているが、ピパリヤというのはそのうち、イタルシを出てから七番目の駅にあたる。

「それに、そのときやつに会っていたのは、わしだけじゃあござんせん」と言って結城は隣りに坐っているターバン姿のインド人を示した。「こちらにおられるシャバーブ氏も証人です。やっぱり、わたしと同じく、その日の十時過ぎにピパリヤの駅で国枝と会うとるんで――シャバーブ氏は、ピパリヤの駅で助役のような仕事をやっておられる方だす」

「ヤー、ヤー」とそのシャバーブ氏が言うので、君江嬢は、「アー・ユー・シュア?」などと英語で彼に質問し始めた。しばらく互いに話をやりとりしていたが、英会話の苦手な私には、二人の話の内容はほとんどつかめない。

会話が一段落ついたところで、

「なんて言ってた?」と君江嬢に訊くと、

「結城の言うとおり、その時刻に国枝と会った、と言ってるわ」と君江嬢はそっけなく応えた。

それから彼女は、あらためて列車の運行表が載った時刻表に目を落とし、

「その殺人が列車内で起こったことからすると、犯人も、この同じ急行列車に乗り合わせていないといけないわよねえ」と言った。

「そのとおりで」

「この列車は、イタルシからジャバルプールまではノンストップだから、この列車に犯人はイタルシの駅からは乗り込んでいたはずだよね」と私が言った。

「普通にみれば、そうでしょうね」と言って彼女は再び時刻表を覗き込んだ。「この列車がジャ

バルプールに着くのは二三時二五分だから、そこで下りていたのでは、十時過ぎ――正確には二二時一五分くらいだそうだけど――にピパリヤ駅に現れることはできないわよね」

「さいです」と結城は同意する。

「ちょっと待った」と私が口をはさんだ。「でも、そもそも、インドの列車の走る時刻って、そんなに正確なものなの？　日本は、列車の運行時間が正確なことで世界的に有名だけど、外国の列車は必ずしもそうじゃないっていうのは、よく聞く話じゃないか。特に、このインドなんて国は、いかにも時間にルーズそうじゃないか」

「あら。そんな言い方するとインドの人たちに対して失礼よ」と君江嬢が応えた。「でも、その点はあたしも気になっていたところ。その辺はどうなんですか、太田さん？」

「どうっていわれても……。まあ、概して時間どおりには動いている、と言っていいんじゃないかな」

「以前インドを旅行した記録で、こんな話を読んだことがありますよ。あるインドの駅で列車がくるのを待っていたら、珍しく時刻表の時刻どおりに待っていた急行列車が到着したので、感激して運転手にそのことを言ったら、実はその列車は二十四時間遅れで、そのとき着いたのは前日の列車だった、っていうんですよ」

　私は、世界各地の旅行記を読むのが好きなので、インドの旅行記もいくつか読んだことがある。その読んだ内容を知識として披露できることが少々得意だった。

「うん」と太田は私の言葉に頷いて、「まあ、第二次世界大戦の最中とか独立前のインドではそれに類するようなことは、結構あったみたいだし、今でもないとは言い切れないが……。しかし、インドも今や立派な近代国家だからね。列車がこの時刻表どおりにおおむね動いていることは、わたしが保証してもいい。ただ、その場合の正確さっていうのは、日本の乗り物のように、分単位、秒単位での正確さではないね。十分や十五分、発車時刻が違うといったって、こちらの感覚では、それはきっちり時刻どおりに運行している範囲にふくまれてしまうからね」

「なるほど。とすると、この時刻表のタイムテーブルは、大体信用がおけるけれども、十分以下の細かい単位までは必ずしもそのとおりに信用はできないってところですね」

「まあそんなところだね」

「ふむ……。ただ、その国枝って人物がこの列車に乗っていたとして、午後十時ごろに殺人を犯して、そのあと、このピパリヤって駅の前で、何らかの方法で列車を下りることができれば、十時過ぎにその駅に現れることも可能になるわけでしょう。その場合、アリバイは成り立たないわよね」

「そやかて、急行列車から途中で下りるなんて、できるはずあらへんでしょう」

「そのあたりは、どうなんですか?」君江嬢が、太田の方を向いて訊く。

「さあ、それは何とも……。列車によっては、途中で止まっている間に下りることができるかもしれないなあ」

「それに、その列車がピパリヤの駅を通過するのは、午後十時よりだいぶ前ですよ」

「だったら、午後十時より早くピパリヤの駅に着く前に、下りてしまえばいい」と私は言った。

「そうすれば午後十時過ぎにピパリヤの駅に現れることが可能だろう」

「でももしそうだとしたら、殺人をすることができないでしょう。被害者の死亡時刻は、午後十時から十時半までの間なんだから」

「あ……そうか」

「もし列車内で十時ごろに殺人をやったとして、それから列車を下りて、ピパリヤの方に戻っていったとしたら？」と君江嬢が言った。「そのやりかたはどうなの？」

「そりゃ無理ですわ」顰《しか》め面をして結城が応えた。「大体、殺人のあったという十時から十時半の間は、この列車は、この時刻表に載っている駅でいうと、ガダルワールからナルシンプールのあたりを走っているんでっせ。その範囲で一番ピパリヤ寄りのガダルワール付近で、ちょうど十時に列車を下りたとしても、そこからピパリヤの町までは数十キロ以上の距離がありますし、その時間にすぐ乗れる列車もありまへんで。午後十時やそこらの時刻にピパリヤにまで来ることは、絶対にできまへんがな」

「ふうん。その列車が、どの時刻にどの辺を通過するっていう情報は、確かなの？」

「ええ。大体の時間の比率は、この時刻表でも、各駅停車の止まる時間をみれば、算出できるでしょう。わしもそのあたりは、確かめておいた方がいいと思いましてね」そう言って結城は、胸ポケットから、白い紙をとりだした。「友人の無実を証明するためにも、インドの交通局にわざわざ問い合わせて調べたんです――言葉が通じんので、えらい苦労したんですが」

彼が取り出した紙には、問題の急行列車が、どの時刻にどの駅を通過するかという、こと細かな情報が記されていた。殺人のあったという午後十時から十時半のあたりに通過している駅をその表で見ると、たしかに、ガダルワールからナルシンプールという駅のあたりを通過していることになっている。

「このタイムテーブルは信用できるかしら?」君江嬢が、太田の方を向いて訊ねた。

「さあ」と太田は首を振り、「ただ、調べればわかると思います。地図で距離を調べられますから、それを見れば、おおよその概算はできるでしょう」

「この付近の路線図が載った詳しい地図ってあるかしら?」

「ちょっと待ってください」

太田は、奥の部屋に引き込み、しばらくして、大きな紙に書かれたボンベイ付近の地図をもってきた。

その地図で調べたところ、イタルシからジャバルプールまでの直線距離はおよそ二二〇キロメートルであることがわかった。線路の走行距離では、それより多少長くなるはずだから、およそ二五〇キロほどという概算になる。その区間を、この急行列車は三時間三十分で走っているわけだから、時速に直すとおよそ毎時七十キロで走っている換算になる。とすると、八時五分前にイタルシの駅を出たこの列車が、殺人のあった午後十時から十時半の間には、イタルシから一四〇キロから一七〇キロくらい離れた距離にある駅のあたりを走っていることになる。その駅に相当するのは、結城の言うとおり、大体ガダルワールからナルシンプール駅あたりになることが、地図の上からも確認された。

一方、国枝が姿を現したというピパリヤの駅は、イタルシから七〇キロくらい離れたところにあり、イタルシからジャバルプールまでの行程を四分の一くらい進んだところにあたる。したがって、この急行列車が、このピパリヤの駅を通過するのは、各区間を等速度で走っているとして、およそ九時少し前という概算になる。

「なるほどね。たしかに、この地図で見るかぎり、列車は午後十時には、ピパリヤからは相当遠いところに行っているはずよね」と君江嬢は結論づけた。「たとえ十時きっかりに殺人を犯してすぐにこの急行列車を降りたとしても、そこから、ピパリヤの駅にまでは数十キロの距離があるわね。十五分やそこらでは、ピパリヤ駅にまでたどり着けそうもないわね。ときに、この区間の交通機関は他にどんなものがあるのかしら？」

「列車の他にもちろん道路もありますが、汽車と自動車のどちらを使ったとしても、その場所から三十分以内にピパリヤにまでは到底たどり着けませんね」と太田がこたえる。「急行列車で走っても、その区間は約一時間はかかる距離がありますからね。それに、この近くには空港もありませんから、飛行機で行くのも無理ですし」

「たとえ空港があったとしても、その時間でピパリヤまで引き返すのは無理よね」

「とすると、国枝のアリバイは成立しそうなんだね？」

「一応そう思えるわね。こういう交通機関を使ったアリバイものってあたし、あんまり得意じゃないんだけど――まあ、ちょっと場合分けして考えてみましょう。一見成立するように思われるアリバイが崩れるとしたら、一、その区間に盲点となる速い移動手段があるか　二、犯行が成立したとされる時間か場所が欺瞞されているか　三、アリバイが成立したとされる時間か場所が欺瞞されているか――って、大きく三つの場合があるわね。この場合、数十キロの距離を十五分以内に移動できるような移動手段があるとは思えないから、一はありそうもないし、ここにお二方証人がいるので、一応国枝がピパリヤの駅にその時刻にいたことは信用できそうなので、三も除外できそうね――ただし」

「ただし？」

「もちろんあなたたち証人が揃って偽証しているとしたら、それは崩れるわけなんだし、そのピパリヤ駅に現れたのが国枝の替え玉だとしたら、そのアリバイは成立しなくなるのだけど」

「そんな、そんなことなんてあらしまへん」結城が大きく手を振ってそう言った。

それから君江嬢は、領事館のインド人になにやら質問をし始めた。どうやらそこにいるシャバーブ氏の身元が信用できるものかどうか確かめていたようだが、相手が頷いていたところをみると、彼の身分はちゃんと信用ができると保証されたらしい。続いて君江嬢はシャバーブ氏から、あらためてピパリヤ駅で国枝を目撃したという証言について確認をとっていた。しばらく英語で話をしてひと息ついてから、君江嬢は私たちの方を向き、

「まあシャバーブ氏の証言は信用がおけそうなので、三も除外することにしましょう」と言った。「その時刻に国枝氏がピパリヤの駅にいたことは認めてもよさそうです。あと残るのは二なのだけれど、この場合があるとしたら、殺人が起こったとされる時刻が正しくないか、殺人が起こったとされる場所が正しくないか、そのどちらかよね。死亡推定時刻については、この

新聞に午後十時から十時半って書いてあるわね。こちらとしてはそれが正しいかどうか確認する手立てもないから、その情報を信じるしかないわね。とすると殺人の時刻が欺瞞されている可能性は一応除外することにして、あと残るのは、殺人の起こった場所が、正しくないって可能性ね。殺人の起こった時刻に列車が、もっとピパリヤにうんと近い場所を走っていたという可能性はどうかしら？」

「それは無理でしょう」と太田がこたえた。「列車がきちんと等速度で走っているとは限らないにしても、イタルシからジャバルプールまで二二〇キロもある路線のうち、ピパリヤは前四分の一のところにあるのに、十時という時刻は、もう列車の運行時刻全体の約三分の二が経過しているわけですよ。どう見ても列車は、午後十時にはピパリヤから五十キロ以上は遠のいてますよ」

「ふうん。すると、一見したところアリバイが成立しそうよね」

「でしょう。それなのに、インドの警察は、とりあってくれないんですよ」哀願するように結城が言った。

「ただ、このアリバイについてはもっと細かく調べてみないとね。ちゃんと調査するために、まずその警察署に行ってみましょうよ」

「これから、警察署に？」

「ええ。その容疑者にされている国枝って人に、直接会っていろいろと訊いてみたいわ……。ね、構わないでしょ？　太田さん？」

「いきなりそんなことをいわれても……」と太田は困り顔でこたえた。

「わたしの方からもお願いしますよ」と結城も言う。

「まあ、日本国籍を有するものが、この外国で逮捕・抑留をされているわけだから、われわれ領事館としても、その罪状の適否をみきわめる必要はあるから、そのことで連絡をとる機会はあるだろうが……。しかしなあ……」

「わたしは国枝の友人として、警察署から、今日の午後、証人として、警察に行く予定になっているんです。そのときわたしの知り合いとして、一緒に行くってことなら、構わないでがしょ?」

「さあ……」

太田は煮え切らない態度だったが、君江嬢はすっかり、結城と一緒に警察署に行く気になっている。

そして、彼女がその気になっているときには、たいていそれをとめることはできない。しばらくして、私たちは、領事館員の太田とともに、国枝という男が取り調べを受けているボンベイ警察署に出向くことになったわけである。

ACT・3　ボンベイ市、ボンベイ警察署

結局私たちがやって来たのは、さきほどパスポートの盗難を届け出たところと同じ、ボンベ

イ市の警察署であった。

建物に入るなり、太田と君江嬢が制服姿の警官を相手に、英語で何やら話しはじめた。汗っかきの結城が、手拭《てぬぐ》いで額をぬぐいながら、ときどき相槌《あいづち》をうっている。

英語の会話がほとんど理解できない私には、君江嬢たちがどういう風に話をつけたのかよくわからなかったが、ともかく、中の取調室に入ることが許されたらしい。

「というわけで、あたしはちょっと見に行ってくるから」と君江嬢は私の方を向いて言った。「ごめんなさい。あなたの分まで入場の許可はとらなかったから。悪いけど、この近くでちょっと待っていてくれる？」

私はちょっと憮然としたが、そう言われては仕方がない。警察署の外に出て、大木の日陰となる石柵に腰をおろして、しばらく待つことにした。

午後二時くらいになると、日射しがきつくなり、通りに出ている人の数もめっきり減ってくる。強い日射しに照らされて埃がまいあがるボンベイの通りの光景を、私はしばらくの間ぼんやりと眺めていた。その間に、なんとなく以前に読んだインドの旅行記の内容が頭に浮かんだ。その本には、インドの急行列車の運転手が、運行の途中で勝手に列車を止めて、知り合いの経営する農園にマンゴーを取りにいくというエピソードが書かれていた。その記録を書いた外国人が、そんな職務放棄をしてよいのか、と運転手に詰問すると、残りの区間でスピードを上げてちゃんと予定時刻に駅に着くようにするから全然大丈夫だと答えていた……。

なんとなく、その話に私はひっかかりのようなものを感じた。

と、そのとき。胸をそらせ肩をいからせながら、君江嬢が署の建物から出てきた。何やら、ぷりぷりと腹をたてている様子である。

「どうだった？」

「だめよ。話にならないわ」と君江嬢は首を振った。「あたしと結城で、あの列車の時刻表をひろげて、事件当時の時間経過を説明したんだけど、取調べ官ときたら、全然、歯牙《しが》にもかけないのよ」

「歯牙にもかけない？」

「ええ。あまつさえ、こんなことを言うのよ。『そんな紙の上の時間を並べてみたって、その列車が当日そのとおりに走ったっていう証拠にはならない』ですって。その死亡推定時刻に列車が走っていた位置を特定して、国枝のアリバイの有無を調べるために時刻表を調べているんでしょうってあたしが反論したら、『そんなものは何の証明にもならない』ですって。まったく、失礼しちゃうわ」

「日本と違って、時刻表のようなものに、全然信頼がないんだね」

「こうなったら、あたしにも意地ってものがありますからね。実地に調査にいくわよ」

「実地に調査って……？」

「ボンベイのヴィクトリア駅って、この近くでしょう。そこの交通局に行って、情報を集めてくるわ。結城のもっているタイムテーブルも、裏付けが必要だし」

「今から行くって……」

「大丈夫、あたしが一人でやってくるから。あなたは、ここに待っててちょうだい」

それだけ言い残して彼女は、通りを走る力車《リックショー》にさっと飛び乗った。

「あ、ちょっと……」

そう私が言いかけたときには、既に彼女を乗せた力車は視界の彼方に消え去っていた。後に取り残された私は、しばし呆然と立ちすくんだ。

そのとき、私の頭に何か閃くものがあった。

さっき思い出したインドの旅行記に書かれたエピソードである。列車の運行時刻がきちんと管理されている日本では起こりえない話だが、このインドではそういうことが起こりうるのだ。ということは——。

もしかすると国枝は、そのことを利用したのではあるまいか？

さきほどの君江嬢の分類では、三番目に該当する、殺人が起こったとされる場所をでっちあげる工作がこのインドでは、できるのではなかろうか。

そのことに思いあたった私は、誰かに話したくてうずうずしてきた。君江嬢はいないから、太田にでも相談しようと思い、警察署の中に入ると、廊下に置かれた椅子に坐っている太田の姿が見つかった。

「太田さん」

太田は顔を上げ、「何だね？」と言った。

「ちょっと聞いてください」

そう言って私は、今しがた思いついたことを太田に話し始めた。初めは気のなさそうな顔をして聞いていた太田も、途中から顔色を変え、真剣に耳を傾けるようになってきた。

「ちょっと待ってくれ——いま、その列車の運転手が、この署に呼ばれて訊問されているらしい。ちょっと、その様子をみてくる」

そう言って太田は、署の中に入っていった。

取り残されて私はしばらくぼんやりしていたが、突然、脱兎《だっと》のごとく走ってくる結城の姿が目に入った。血相を変え、何やら猛烈な勢いで走っている。

「あ、結城さ……」

声をかけようとしたが、振り向きもせず、結城は警察署の建物を出ていった。

私は彼の後を追い、建物の外に出て見回すと、結城は、駅のある方に走り去っていくところだった。一体何が起こったのかわけがわからず、唖然としていると、間をおかず、警察署の中から太田が走り出てきた。制服姿の警官も数人一緒である。

「常田《ときた》くん」太田はものすごい目つきで私を睨みつけ、「結城が出ていっただろう⁉」とがなり声で訊いてきた。

「え、ええ……」

「どっちに行った？」

「どっちって……あっちの、駅の方ですけど……」

結城の走っていた方角に目をやると彼の姿は既になく、どうやらタクシーか力車に飛び乗ったものと思われる。

「ジィス・ディレクション！」と太田が大声をあげて、周りの警官に指示を出した。

太田の声を聞いて、警官たちが一斉にそちらの方角に駆け出した。

一部の警官は車庫に走り、白と黒に塗られた警察車をくりだした。日本でみるパトカーと割によく似たデザインであるから、警察官が使う車というのはどこの国でも似たようなものなのかもしれない。

太田も、警官たちと同じように走り出そうとしていたので、私は彼の袖を引き止め、

「どういうことです、太田さん？」と訊いた。「私には、何が何だかさっぱり……」

「君の言ったとおりだったんだ。あの列車の運転手が口を割ったんだ」

それから太田は立ち止まり、通りを走る力車を呼び止めた。

「車の中で話そう。乗りたまえ」

警察署の前に止まった力車に乗った太田に促され、私は急いでその隣席に坐りこんだ。

太田は、ヴィクトリア駅にやってくれと英語で指示を出した。運転手はうなずき、きしるようなエンジンのうなりとともに、力車は猛スピードで発進した。

スピードを出した力車はひどく揺れるので、私は、座席の前にわたされた鉄棒につかまりながら、「どういうことです？」と訊いた。

「結城と国枝は共謀だったんだ。二人して、今度の殺人をしくんだことがわかったんだ」

「じゃあ、国枝のアリバイっていうのは、やっぱりでっちあげたもの……？」

「そう――君の推測したことは、当たっていたよ。あの二人は、問題の列車の運転手を賄賂《わいろ》を使って買収して、アリバイができるように運行スピードをかえてもらっていたんだ。つまり、あの列車の運転手に、ピパリヤの駅に着くまでは、いつもよりゆっくりしたスピードで走ってもらい、午後十時ごろにあの駅付近を通過するようにして、国枝はひそかに殺人を犯したあとそこでおろしてもらったんだ。その後は、いつもの倍近くの速度で走って、ジャバルプールの駅には定時どおりに着くようにしたんだ」

「なんと。そんなことができるんですか」私は呆《あき》れ声で言った。「日本では急行列車は、途中駅の通過時刻がきちんとチェックされますから、そんなことは実現不可能でしょう」

「そうだね。しかし、彼らにとって誤算だったのは、そのアリバイ工作が、インドの警察にはまったく通用しなかったってことだ。逮捕された国枝は、自分のアリバイが成り立つことを必死に訴えたわけだが、紙に書かれた時刻表の時間なんてものはまったく信用できないっていうのが、インド警察の対応でね。最初から国枝を犯人と決めつけて、そのアリバイなんてはなっから相手にしなかったそうだ。それで共犯の結城が、日本領事館にまで出向いてきて、国枝のアリバイがあるのを訴えようとしたんだが、それも無駄でね――結局、列車の運転手が口を割っておじゃんというわけだ。彼らの工作をまともに相手にしたのは、馬鹿な領事館員と、日本から来た自称探偵のお嬢さんだけだったってわけさ」

「はあ……」

「そういうわけで、アリバイ工作に失敗した国枝がついさっきとうとう自白をはじめてね。結城も共犯であることまでばらしたものだから、泡を食った結城が、さっきここから逃げ出してったってわけさ」

私はゆっくりと首を振った。ちょっと頭がくらくらするのは、乗っている力車の揺れが激しいせいだけではないだろう。まったく、何という事件なのだろう……。

「時刻表がアリバイに有効であるという常識がこちらでは通用しないってことですね」

「日本ほど列車が分刻み、秒単位で正確な運行はしていない、っていうことくらいは、彼らも承知していたみたいだがね。しかし、あれだけの大がかりなアリバイ工作が、インドの警察には、まったく相手にしてもらえなかったのは、大きな誤算だっただろう。自分の国の常識が、海外で通用するわけじゃないってことの、いい教訓例だな」

「でも、君江ちゃんは、この事件の調査をするって言って、さっき駅の方に……」

「何だって？　そう言えば彼女が出ていったのは、まだ国枝が自白し始めたことが伝わってくる前だったからな……。やつのアリバイを本気で調査するってつもりか。でも、駅に行ったのならちょうどいい。結城が逃げていったのも、たぶん駅の方だろう。うまくすれば、そこでおちあえるかもしれない」

そう言いながら太田は、力車の運転手に「クィック！」と命令した。

髭面の運転手も「オーケー」と気軽そうな声でこたえ、私たちを乗せた力車は、さらに一層スピードをあげて猛烈な勢いで走りはじめる。

ガクンガクンと車体が大きく揺れ、巨大なトラックが行き交う路上をすりぬけるように力車は走っていく。

　私は目がまわり、座席にしがみついて、

「太田さん……」と掠れ声をあげた。「も、もうちょっと、ゆっくり走ってくだ……」

「ほら」太田は私の言葉を無視して、顎をしゃくった。

「もう駅だ。結城もやっぱり、駅に向かっていたらしいぞ」

ACT・4　ボンベイ市、ヴィクトリア駅

　ガラス越しに前方の光景を睨みつけながら太田は、「オーケー、止まって《バス》、止まって《バス》」と運転手に声をかけ、懐から取り出した皺くちゃの五ルピー札を手早く渡した。

「さ、はやく」

　太田にせかされて、私も飛び下りるように力車を出たが、少々足元がふらついた。周りの景色もよく見えなかったが、どうやらボンベイの駅に着いたらしいことはわかった。

「いた！　あそこだ！」

　そう大声で言って太田は前方を指差している。私は、結城の姿をとらえることはできなかったが、車から下りた制服姿の警官たちが数人固まって駅の構内の方に走っていくのがみえた。

　太田に促されて、私はわけのわからないまま、駆け出した。

　インドの駅は、改札のようなものはなく、構内への入場がチェックされることはない。太田

に導かれて私たちは、いくつもの列車が立ち並ぶ巨大なヴィクトリア駅の構内へと走りこんだ。

インドの列車の車両は、たいてい日本のものよりはるかに長く大きい。その長い車両が、何両にもわたって長々と連結されているため、先頭車両から末尾まではかなり遠くなる。したがって、駅のプラットホームの端から端までの距離もまた、相当な長さになる。ボンベイのヴィクトリア駅は、この地方では最大のターミナルステーションであるため、膨大な数のホームがあって、長い列車がずらりと並んでいる。

その石畳のプラットホームに、物乞いや汚い恰好をした子どもが大勢いて、ござを敷いて寝ているホームレスもいる。ごみが散乱し、異臭が漂い、およそ清潔さとは縁遠い環境である。

走っている私にも、「バクシーシ」と言って子どもたちが寄ってきた。

そういった子どもたちをふりきって、ずらりと並んだ列車をいくつも通りすぎていくうち、前方を走っている警官がピーッと警笛を鳴らすのが聞こえた。

「ストップ！　ストップ！」という声をあげているのも聞こえる。

逃げる結城をいよいよ射程にとらえたらしい。

と思うと、前方の列車がガガガッという音をたてて動きはじめた。どうやらその列車に結城が乗り込んでいるらしい。走っていた警官は、ワーッとか何とか大声でわめいていたが、その列車に追いつけた者はいなかったようだ。列車に追いつけないとわかると、警官の一人は無線を取り出し、何やら大声でがなりたてている。

「あの列車に乗り込んだみたいだ」と前方の太田が息を切らせながら言った。

「追いつかなかったんですか?」

「そのようだ。ただ、無線で連絡しているから、次の停車駅で取り押さえられるだろう」

「次の停車駅というと……」

「あれは急行列車だから、ダダー駅になるだろう」

「ああ。あの、ボンベイ国際空港に割と近いところにある駅ですね」

「そう。ダダーは、この駅から十キロくらいだったかな。とにかく、われわれも、車でダダーの方に行ってみよう」

「え、ええ……」と私が頷きかけたところに、

「ちょっと」と聞き慣れた声が耳に飛び込んできた。

振り向くと、機嫌のよさそうな顔をした君江嬢である。

「あなたも来てたの。このヴィクトリア駅に」

「ああ、君江ちゃん……」ほっとして私は声をあげた。

ものものしい周囲のざわめきに頓着せず、君江嬢は嬉しそうな声で語りはじめた。

「ねえ聞いて聞いて。さっき交通局で調べたんだけど、インドの鉄道を走る急行列車って、日本と違って、途中の通過駅で予定どおりに列車が通過したかどうかを調べるシステムってほとんどないんですって。そうすると、列車の進行速度を大幅に速めたり遅らせたりして、途中駅の通過時間を大きく変えることができるわよね……。もしかしたら、その方法がなにかの形でこの事件に使われたんじゃないかと……」

「君江ちゃん、そうなんだ。その君の推理のとおりなんだ」

「え？　どういうこと？」

「君のいない間に、事件が勝手に進展したんだ。説明は後でするよ」そう言って私は、彼女の腕をつかんだ。「とにかく、一緒に車に乗ってくれ」

私は彼女の手を引き、太田とともにヴィクトリア駅の外に出て、タクシーをつかまえた。警官の一団も、駅のそばにとめてあったパトカーに似た警察車に乗り込んだ。

「ちょっと」顰め面で君江嬢が私の方を向き、「あたしの知らないところで勝手に話を進めないでよ」と言う。

「そんなこと言ったって……。事態が勝手に進んじゃったんだから、しょうがないだろう」

「ふうん。それで、どうなったの？」

私は、太田から聞いた話を簡単に彼女に説明した。

「なるほど。そういうわけだったの。ふんふん」と君江嬢は、わけ知り顔で頷いている。

その間にも、私たちを乗せたタクシーは、砂塵をあげ、猛烈なスピードでボンベイの市街を走りつづける。

埃っぽいインドの車道を二十分くらい走ったところで、太田が顔をあげて、

「着いた。ダダー駅だ」と言った。

ACT・5　ボンベイ市、ダダー駅

夕方になると、ボンベイ市内の通りは再び賑わいをみせはじめる。このダダー駅付近は、繁華街であるらしく、行商人や外国人旅行客らしい人でごった返している。

その人ごみの間をかきわけて、ダダーの駅の構内に入ると、ヴィクトリア駅を発った急行列車がちょうど駅に到着したところだった。既に、この近くの警察署にも連絡が届いているらしく、逃亡犯人をつかまえようと、警官の一団がものものしくその列車を待ち構えている。

駅に入ってきた列車がゆっくりとプラットホームの前で停車すると、早速その警官の一団が列車の中になだれこんでいく。警察のお偉いさんとおぼしき階級章をつけた年配の警察官が、二、三人の巡査とともに列車の運転手のところに行って、何か話しはじめている。おそらく、結城を捕まえるために、しばらく列車を動かさないように指示を与えているのだろう。列車の中の乗客は、自分たちの列車が駅に止まったまま動かなくなり、警官の一団のものものしい捜索を受けているのを見て、不安そうに外を眺めたりしている。

私たち三人も、警察官たちの動きをながめながら、その列車の車両に沿ってずっと歩いていった。

「結城は、まだみつからないんですか」と私が言うと、

「ああ……。しかし、これだけの人数で探してるんだから、じきにつかまるだろう」と太田がこたえた。

警官たちの捜索活動を見守りながら、端から端まで歩くのに十分以上はかかりそうな長いプラットホームを、私たちは二往復したのだが、いまだ結城がみつかったというような反応がかえってこない。列車がダダーに着いて既に三十分近くが経過していて、乗客の中からだんだん不満の声があがりはじめた。警察官たちの間にも、不安そうに耳打ちしていたりする姿がよく目につくようになってきた。

その光景を眺めながら、太田が首をかしげた。

「……おかしいな」

「もうとっくに見つかっていいはずなんだが……ちょっと訊いてこよう」

そう言って太田は、知り合いとおぼしき警察官を見つけて、英語で何やら質問をはじめた。それに対する警察官の反応は、かんばしくなさそうだったので、おそらく結城はまだ見つかっていないのだろうということは容易に察しがついた。

太田は、ちょっと不審げな顔つきをして、戻ってきた。

「おかしい。ぜんぶの車両を調べあげたのだが、まだ結城の姿が見つからないそうだ」

「隠れ場所とかは、ないんですか？」と私が訊いた。

「わからない……。ただ、列車の中の構造は、こっちの警察の方がよくわきまえているだろうから、たぶん、ぬかりなく調べているはずだと思うのだが……」

「これだけ調べているのに、まだ見つからないなんて、変な話ですね」

「いま一度念入りに調査をし直しているところだと言っていた。もしかしたら、変装して乗客の中に紛れこんでいるのかもしれないが……」

「これだけたくさんの乗客を全員調べあげるのは、えらく大変ですよね」

「しかし、結城は、着のみ着のままでこの列車に飛び乗ったんだ……。変装するための道具をもっていたとも思えないし、この列車の中にたまたま結城の知り合いがいたとか、そういうことも考えにくい……。結城は、日本語以外あやつれなかったようだし……」

「結城が乗りこんだのは、この列車に間違いないのね？」と君江嬢が訊く。

「ああ。それは、私を含めて、大勢の人間が目撃しているから、絶対に間違いがない」

「ヴィクトリア駅とこのダダーの間に別の駅はある？」

「いくつかの小さな駅があるが、この列車は急行列車だからね。ヴィクトリア駅からここまでノンストップで来るはずだ」

「ヴィクトリア駅で結城が、列車に乗り込むふりをして、また降りたって可能性はない？　いったん車内に入ったのち、裏からこっそりまた降りたとか？」

「それはないと思うな。結城がこの列車に逃げ込んだとき、警官隊は二手にわかれて、プラットホームの両サイドから結城を追っていたからね。車両の反対側には、出入口はないはずだが、仮に窓などから出たとしても、警官に気づかれたはずだ。もしあのとき、結城がプラットホームに再び降りたとしたら、絶対見つかったはずだ」

「列車が走っているときに飛び降りたって可能性は？」

「あの急行列車は、すぐに時速五十キロ以上の速度で走るようになるからね。無事でいようと思うなら、そんな速さで走る列車からは飛び降りられないだろう」

「まだ速度があまり出ていない発車直後に飛び降りたというのは、どうです？」

「その可能性はあるかな」と太田は首をひねった。「ヴィクトリア駅を出てしばらくは、線路はずっと直線で見通しが効くからね。もし降りる人間がいたら、あのときプラットホームにいた警官隊に気づかれただろう」

「列車の中の人間消失だね」と私が君江嬢の方を向いて言った。「君江ちゃんの好きな不可能犯罪の一種じゃないか」

「それを言うには、インドの列車は、開放的なつくりをしすぎているわよ。でも、あたしに一つ、考えがあります。太田さん、一緒に車できてくれませんか？」

「車でって……一体どこへ？」

「結城がいるところですよ」

「結城がいるって……その場所がわかるのか？」

「確言はできませんが、おそらくわかるだろうと思います」

確信ありげに君江嬢は言った。太田はしばらく考えこむような仕草で彼女を眺めていたが、

「わかった。じゃあ、その場所とやらに案内してもらおうじゃないか」と言った。

その言葉に君江嬢は、にこっと微笑みを浮かべて、

「そうこなくっちゃ」と応じた。

ACT・6　ボンベイ市街線路そば

　ダダー駅を出て正面にあるタクシー乗り場でつかまえた車に私たちは乗り込んだ。まったく、今日は、何度も車で引き回される日である。

「それで……」車に乗り込むなり、太田は質問を発した。「一体どこに行こうとしているんだい」

「ヴィクトリア駅の方角に向かってちょうだい」君江嬢は運転手に、早口の英語で行き先を指示した。「なるべく線路沿いに。列車が走っているのが見えるような道路を走らせてちょうだい」

「どういうことだい？」太田がまたも問いかける。

　その問いに直接こたえず、君江嬢は、逆に太田に問いかけた。

「太田さんは、インドの列車に乗ったことがあります？」

「そりゃあ、あるよ、もちろん、何度も」

「乗ったのは、一等車か特等車でしょう？」

「あ、ああ……そうだな」

「二等車に乗ったことは？」

「いや……」と太田は首を振った。「二等車は、乗ったことがないな」

「あなた」と君江嬢は私の方を振り返り、「インドの二等車の状況って知ってる？」と訊いてくる。

「あまりよくは知らないが……。ものすごい人がぎゅうぎゅう詰めだったな。日本で言えば、終戦直後の引き揚げ列車みたいな感じだった」

「まあ、非常に混む列車もあるだろうが、全部が全部そういうわけではないだろう」と太田が言う。

「あれを見てよ、あれ」

タクシーの窓の外を君江嬢は指さす。窓ごしに、巨大な旅客列車が煙をたてて走っているのが見える。ACと書かれた一等車の後には、戸と窓の開いた二等車がつながっている。一等車とは違ってすし詰め状態で、窓から人の手足がはみ出したりしている。

「あらためて見ると、やっぱりすごい混みようだな」と太田が言う。

「そう。だから、あの混んだ二等車に途中駅から乗ろうと思ったらひどく大変なのよ」

「君江ちゃんは、二等車に乗ったことがあるの?」

「だいぶ昔にね。とにかく、入口付近に立っている人間が、『入るな』ってんで、入ろうとする人間を妨害するために蹴飛ばしてきたりするのよ。その圧力をはねのけて、とにかく身体をおしこめることくらいできないと、インドで二等車の旅なんてできないわね。でもそうやって乗り込んでしまうと、『まあチャイでも飲め』って、入るのを妨害していた人が急に親切にしてくれたりしてね。インド人って結構親切だなあって思ったりもしたわ。それで、次の駅にくると、またそこで乗りこもうとしてくる人間を妨害するための蹴りを始めたりして、乗ってきたばかりのあたしも、『ほら手伝え』とか言って誘うのよ」

「はああ。ぼくは、そういう旅は疲れそうだから、ちょっとごめんこうむりたいなあ」

「だから、あれだけ混む二等車って、たいてい戸や窓って開いたままになっているでしょう。混みすぎちゃって、閉めようにも閉められないのね。まあ冷房が入らない車両だと、密閉されたらたまらないってこともあるでしょうが……」

「日本の列車だと普通、窓はともかく戸が開いているままだと、安全装置が作動して列車は走れなくなっているはずなんだけどね」

「だから、泡をくって逃げ出した結城が、列車に飛び乗って、二等車に逃げ込んでたりしたら……どうなると思って？」

「どうなるって……？」

「混んだ状態の二等車っていうのは、それなりの約束ごとがあり、仁義がある世界なのよ。そのしきたりを無視して、あわてふためいた人間が入ってきてじたばたしたりしたら……どういう目にあうと思う？」

「どういう目って……？」

「あ……ほら！」

君江嬢が指さしたところを見ると、線路わきに人だかりしているところがある。

「おりましょう」

そう言って車をとめた君江嬢は、さっさと車をおりて、すたすたとその人だかりの方へ向かって歩いていく。

あわてて私と太田も、車をおりて彼女の後を追った。

「何が起こったの？」

君江嬢は、近くにたたずんでいたインド人を呼び止めて、英語でそう訊いた。

「アクシデント（事故だ）。ア・フォーリナー・フェル・ダウン・フラム・ザ・トレイン（外国人が列車から転落したんだ）」などというインド訛りの英語が聞こえてくる。

「ほら」

近づいてみると、線路で倒れている人に担架が運ばれてくるところであった。

見ると、それはまがうかたなき結城である。背広姿が泥まみれになり、苦しそうに顔をしかめ、口をぱくぱくさせている。

「つまり、あの、二等車の開いた戸から……」

「これが列車からの人間消失の……真相か」

太田と私は、ほぼ同時に呆れたような声を発した。

「そう。結城はたぶん、二等車に乗り込んでって、そこから転がり落ちてたってわけ」

そう言って君江嬢は、私たちの方を向き、Vサインを出していわく、

「これってとっても、インド風の事件だったわね。ジィス・ケース・イズ・ベリー・ベリー・インディアン・スタイル・ユー・シー？」


（作中の時刻表は、インド交通局〔CENTRAL RAILWAY〕発行の“TIME TABLE”〔一九九五年七月一日刊〕を使用させていただきました）

ロナバラ事件

ロナバラに向かう鉄道列車の中で、私は、もう一度、星野君江探偵に依頼された事件の記録を読み返した。それは数日前に、わが探偵事務所にファックスで届けられた書面で、英文タイプで打たれた書面と、英字新聞のコピーから成っていた。使われたタイプライターが旧式であるためか、それとも、通信事情がよくないせいか、文字がところどころかすれたり消えたりしていて、ひどく読みづらい文面である。判読が困難なところが多く、文字の脱落箇所は、推測で文字や言葉を補って読むしかなかった。

インドから事件の依頼があったとだけ聞かされて、三日後には日本出発だと君江嬢から一方的に命じられて、とるものもとりあえず、パスポートやビサの取得から航空便の手配にいたる旅の準備を一手に任された私は、出発当日にはくたくたにくたびれて、乗り込んだインドへの飛行機便の中では、ものを言う気力も何かを読む精力も失っていた。大した説明もなく突然この異国の地に狩りだされた私は、ちゃんとした依頼内容の説明や事件の概要をまだ聞かされていなかった。星野君江嬢は、一度国際電話で依頼主から話を聞いているので、事件の事情をある程度は把握しているはずだが、私はちゃんと説明を受けないまま異国旅行へと狩りだされたのだ。

ボンベイに着いて時間に余裕があるときにでも、ゆっくり事件のことを聞かせてもらおうと思っていたのだが、『インド・ボンベイ殺人ツアー』という題で既に発表した事件に巻き込まれたせいで、ボンベイではそれどころではなくなってしまった。ようやく、その事件の処理から解放され、書類にゆっくり目を通せるようになったのは、予定よりも一日遅れて、目的地のロナバラに向かう列車の中のことだった。

＊

私がその書面に目を通している間、向かいの座席に坐る君江嬢は、つまらなそうに足を組んで頬杖をつき窓の外を眺めていた。本来の予定なら前日には現地に着いているはずだったが、経由地のボンベイで思わぬ事件に巻き込まれたために、目的地到着が一日遅れることになってしまった。スケジュール遅滞を何より嫌う君江嬢は、そのせいでか、今日はずっと朝から不機嫌な様子である。そもそもの遅延の原因は、ボンベイの路上でスリに彼女のパスポートが盗まれてしまったことにあるのだが、その再発行を待っていたらボンベイでもっと足止めをくわされるところだった。幸い警察署に保護された家出児童の中に、盗まれた君江嬢のパスポートを所持しているのが見つかったので、再発行する手間をかけずに、一日遅れただけで私たちはボンベイを発つことができた。

ボンベイの駅で、二等列車の恐ろしい混み具合を目の当たりにしていたので、一等車の切符を購入した。向かいあうシートボックスを陣取ってみると、坐り心地はさほど悪くない。日本でいえば、旧国鉄時代の寝台列車を思わせる風情がある。

ボンベイからロナバラに向かう一帯は、砂漠めいた乾燥した気候である。車窓から外を眺めると、赤茶けた土地が一面に広がり、砂塵が舞い空気は赤灰色にくすんでいる。煉瓦作りの建物や、石を組み上げたバラック小屋が点在し、くすんだ薄茶色の洗濯物が干されているのがあちこちで目につく。車窓から外を眺めても、延々と単調で変わりばえがない景色が続くばかりなので、すぐに飽きてしまう。私は、また書類に目を戻した。

ひと通り書類を読みおえてから、私は向かいの君江嬢に話しかけた。

「手元にある書類を読むかぎり、依頼主のグプト夫人が有罪なのはほぼ確定的に思えるのだが――」

脱落文字をいくらか、取り出したボールペンで書いて補なった私は、その書類を向かいの君江嬢に渡した。

「どうしてグプト夫人が無罪だと確信できるんだい？　まだ実地に現場を見たわけでもないのに――？」

そう水を向けると、君江嬢はぶすっとした表情で私を一瞬睨みつけ、またそっぽを向いてから言った。「それは、依頼してきたミス・シャンティが〈心読《ここよ》み〉したからよ」

聞き慣れない言葉が君江嬢の口から飛びだしたので、私は聞きかえした。「〈心読み〉？　何だい、それは？」

「とにかく、シャンティが無罪といったら、無罪に決まってる。少なくともグプト夫人に殺意や犯意はなかったはず。自覚なく過失致死させたとか、催眠術で操られて、知らぬ間に殺人をしていたというのなら、今のところまだ可能性としては否定できないけれど――」

「だから、その〈心読み〉って何だ？」

「シャンティの能力のこと、知らなかったっけ？」

「え？　そう言われても――」

私はたしかに、君江嬢の言うミス・シャンティと会ったことはあるが、パーティーで一度挨拶したことがあるだけで、その人となりをよく知っているわけではない。

「あなたにはまだ説明していなかったかしら、ミス・シャンティの能力について。前にあなたに、彼女を紹介したことはあったよね？」

「占い師のシャンティさんだよね。去年、出版社のパーティーのときに、君に引き合わせてもらった人だよね。そのとき挨拶だけはしたけれど、それまでは面識もなかったし、付き合いもないよ」

あれはたしか昨年の秋、私も駆け出しのもの書きとして出版社のパーティーに招待されたときのことだ。都心近くのホテル会場で催された盛大な新人賞の受賞パーティーには、著名な作家から無名なライターまでさまざまな人たちが集っていた。その場に、すっぽりと頭を覆う大きな紫色のフードをかぶって、あやしげな虹色の蛍光を発する模様の入った黒いローブを身にまとった女性がいた。ひどく目立つ女性なのでどういう人だろうと思って眺めていたら、一緒にいた星野君江嬢が、彼女と知り合いだと言って、私に紹介してくれた。その女性は大きな口を横に広げてにっと笑い、優雅な仕種で私に名刺を差し出した。その名刺には、金色の文字で、シャンティ・ウッサバというインドっぽい名前と、職業・占い師と書かれていた。

どういう占い師か後で君江嬢に聞いてみたところでは、シャンティは、いくつかの雑誌で、占いのページの原稿を書き、中野駅近くのブロードウェーで占い教室を開いているという。濃いアイシャドーと付け睫毛をして肌を褐色にみせるメークをしていたが、一見して日本人なのはわかり、シャンティとかいうのはもちろん本名でなく、占い師としての名前のようだ。いかにも、テレビドラマ等に出てくる、水晶玉をリーディングする怪しげな女占い師そのままの恰好で、私は見るなり不信感を抱いたが、パーティーの席で君江嬢は、彼女と楽しそうに談笑していた。

「そういえばあのときも、なんで彼女と君が知り合いなのかよくわからなかった覚えがある。まあ、君の知り合いにいても不思議はないタイプの人なのはわかるが――」

「ああ、それはね。彼女とは、いくつかの犯罪事件捜査で、警視庁に協力していたから。その〈心読み〉の能力が、警察の捜査には活用されているのよ。それで、非公式な事件調査では、何度か彼女と一緒に事件を扱ったことがあって――」

「警察にまで頼られる占い師か。そんなに凄い能力の持ち主なのか？　未来予知でもできるの？」

「シャンティは、未来予知ができると取り巻きたちから信じられている人よ。ただ、厳密には、彼女ができるのは未来予知じゃないの。心が読める能力と言えば、近いけれど、相手が何を考えているかまで見抜けるわけじゃないの。ただ、彼女は、相手が嘘をついているときには、それが嘘であることを感じることができるそうなの。だから、事件の証人が本当のことを言っているのか、嘘を言っているのか判別するために、よく警視庁から協力を要請されるの――」

「つまり、人間ウソ発見機みたいな人というわけか」

「そう、まさにそのとおり――」我が意を得たりとばかりに君江嬢は大きく頷いた。「シャンティに聞いたところでは、〈ウソをつくときの人間は、匂いが違う〉んだって。以前彼女は香水の会社で働いていたから、匂いの判別に関しては元々エキスパートなんだけど、微細な臭覚を発達させると、いつからか、人のつく〈ウソ〉の匂いが読めるようになったんだって」

「へえ。それは大したものだ」そう私は応じたが、彼女の言葉には半信半疑で、額面どおりには信じていなかった。

「別に相手の考えてる内容まで見抜けるわけじゃないから、決して万能の力じゃないけどね。でもその能力があると、占い師としてかなり通用するのよ。だって、相手にしたら、本当に自分の心を読み取られてしまうことになるから、この人の能力はホンモノだと思われてしまう。それで、有料で人生相談に乗ってたらかなり儲かることがわかって、会社をやめて占い師として開業するようになったそうよ」

「ふうん。匂いねえ」

「まあ匂いというのは、比喩的なものかもしれないけれど、本人はそう説明していたから――」

「たしかに比喩か譬《たと》えみたいなものかもしれないね。人知れぬ能力をもつ者が、その能力のことをなんとか伝達しようと思ったら、人のよく知っている感覚を頼るくらいしか方法がないからな――」

「そういうことね。まあ探偵の能力も、目の前に真相がヴィジョンのように浮かんでくるっていう感じなのだけど、そんなことを言ってもなかなか伝わらないし――」

「君の探偵能力も超常能力が発揮されているの？」

「いや、そういうわけではないけれど、探偵をやっていて一番苦労するのは、捜査でも推理作業でもなくて、自分に見える光景を、人にわかるように言葉に置き換えるプロセスのところかな。ときどき面倒になってそのプロセスをすっとばしちゃうと、まるで超能力で一足飛びに結論にとびついたかのように誤解されることがよくあって、困るのだけど。だから、たぶんシャンティも、自分の能力のことを人に伝えようと苦労しているんだろうと思う」

「なるほど。一種の共感みたいだね」

「もちろん警察の方も、最初から彼女の能力を信じていたわけじゃないのよ。でもいくつか警察関係者の立ち会いの下で、実地の実験をしてみて、そういう能力を彼女が本当に持っていることが否定できなくなったわけ。それ以来シャンティは、請われて警視庁の扱う難事件をいくつも引き受けるようになったの。今じゃ警察は、事件の関係者の証言がホンモノかどうかを彼女に判定してもらっているわけ」

「警視庁御用達の能力者ってわけか」

「もっとも、気まぐれで気が乗らないときは、シャンティは、警察の出馬要請を断ったりもしているみたいだけど――。ただ、彼女のその匂い判別だけでは、事件の謎とか真相を解明するところまではなかなかできないことも多いから――。だって、ある証人が言っていることが嘘か本当か判別できるだけでは、真相がつかめないことだって多いでしょう。証人の中に嘘をついている真犯人がいれば話は簡単なのだけど、いつもそういう事件ばかりとは限らないから――。それで、私がときどき彼女と協力して事件を扱ったりしているのよ」

「なるほど。外見は怪しげな山師という感じだったが、君の話を信じるなら、本物の能力者ってわけだ。それで、その彼女が、なぜインドの事件を君のところに持ち込んできたんだ?」

「今年になってから彼女、このインドのプーナに来ていてね。かれこれ二ヵ月くらい滞在していることになるかしら。そこの瞑想道場で、瞑想の修行をしているの。二年に一回くらいは、その修行をしないと、匂い能力が弱まってしまうって言ってたわ」

「へえ。その能力は、インドの瞑想の力が要るものなのか」

「瞑想の本場といえば、インドだものね。で、今から行くロナバラは、そのプーナと割合近い、郊外にあるでしょう。プーナは大都市だから、日本人も結構住んでいるけれど、ロナバラのような田舎町には、あまり日本人はいない。だから、そこで暮らしている数人の日本人は皆すぐ友だちになるそうよ。その一人が、シャンティと親しく付き合っている日本人女性の旧姓ハナハラ・ショーコって方なの。彼女は、三年前にインド人のグプト氏と結婚してこちらに移住してきた、今年で三十歳になる女性よ」

「シャンティさんも、そのロナバラに滞在しているの？」

「いえ、そうではなくプーナにいるけれど、ロナバラ在住のグプト夫人のショーコさんは、ちょくちょくプーナに買い物にきたりするので、日本人の女性同士として友達になっているそうよ」

「ふむ、なるほど。それで？」

「今度の事件というのが、この三月一日にグプト氏が自宅で転落死しているのが発見されて、現場の状況から、グプト夫人のショーコさんがグプト氏を突き落とした疑いが濃いと目されていてね。まだ正式に逮捕されたわけではないけれど、疑いの濃い人物として警察に監視されていて、このままだと逮捕・拘束されるのも時間の問題になっているそうなの。急な事態に驚いてシャンティは、警察に疑われているショーコさんに会いに行ったんだけど、ショーコさんは犯行を否認していた。そのときシャンティは、ショーコさんから〈ウソ〉の匂いを感じなかったそうよ。それで、彼女が夫を殺していないと主張しているのは真実だとシャンティが私に手紙を書いてよこしたの」

「日本の警察なら、シャンティの〈心読み〉を信用して容疑が晴れるのにな」

「そうなの。でも、ここは、日本でなくインドだから、警察にシャンティの能力のことを説明しても取り合ってもらえないわ」

「でも、インドにだって、シャンティみたいな超能力者はいるんじゃないの？」

「そりゃ、行者とかたくさんいるから、いないはずはないけれど、インド警察が捜査にそういう能力を取り入れるかというと、まだ後進的みたいだし。それに、一般的に同国人の方が、外国人よりは信用されやすいっていうのが、どこの国にもあるわけだし」

「それで君のおでましってわけか」

「ええ。ショーコさんが嘘を言っていないってだけでは、事件の真相がわからず、ショーコさんの無罪を証明もできないから、私に調査協力してほしい——そういう依頼を私にしてきたのよ」

「ふうん。もし、そのシャンティさんの能力がホンモノなら——」

「彼女の能力はホンモノよ。それは私が保証する」

「もしそうなら、グプト夫人ことショーコさんは殺人犯ではないことになる。でも、事件記録を読むかぎり、偶発的な事故の可能性はありそうだが、グプト氏の死が他殺だとしたら、犯人は彼女以外にいなさそうだよ。こんな外国の事件で、言葉の壁もあるのに、容疑者とおぼしい彼女以外の真犯人を見つけ出すなんて、できるの？」

「つい昨日も、ボンベイで列車殺人事件を見事に解決してみせたじゃないの」

「ああ、あれはね」一人でに事件の方が解決したのだと言いたくなるのを私はぐっとこらえた。

「素晴らしい探偵の功績だったよ。賛辞を惜しむわけにはいかないくらいだ」

「そうでしょ、そうでしょ」君江嬢は満足そうに頷いた。

「じゃあこの事件も、君ならあっさり真相を見抜けるかもしれないね」

「それはまだ、現場で実地に調べてみないと何とも言えないわ。言葉の壁に関しては、シャンティが、英語の他に、ヒンディー語とマラーティー語ならほぼ自由に操れるから――彼女が通訳してくれるなら、言葉には不自由しないはず」

「インドの言葉を二つも操れるなんて、大したものだね」

「あともう一つ、ベンガル語もかなりできるって言ってたわ。タゴールやチャンディダスやチョイトンノを読むためには、ヒンディー語でなくベンガル語が要るものね。ヒンディー語とマラーティー語は、かなり近い言葉だそうだから、どちらかを覚えればもう一つの言葉を習得するのはそんなに大変じゃないと言ってたわ。通算で三年もインドに住んでたら、日常会話に不自由しない程度には、現地語を覚えられるそうよ」

「そんなものかな……って、通算でそんなにインドに住んでるのか！」

「毎年の恒例行事のように、シャンティったらインドに来てるみたいだからね。だから、通訳のことは心配せず、現場に着くまでにあなたもしっかり予習しておいて。事件の概要は、ちゃんとつかんでおいてね」

「これに書かれている範囲なら、もう何度も目を通したよ――」

私はもう一度書類に目をおとし、最初から再読してみた。その書類から読み取れるかぎりの事件の概要は、以下のようなものである。

英文の新聞記事は、グプト氏の転落死を伝える数行の簡単なものでしかなかったが、シャンティが書いたとおぼしき、英文タイプでの説明が付加されて、事件当時の状況をより詳しく伝えていた。

＊

事件が生じたのは、いまから約一週間前の、三月一日の早朝未明のことであった。二階建ての石造りのグプト家の屋敷にそのときいたのは、主人のアジト・グプト（四十歳）、日本から嫁いだショーコ・グプト（三十歳）、グプトの叔父で耳の不自由なナオカール（五十六歳）と三人の使用人だった。使用人は、運転手のダンナ・ライダース（四十一歳）、料理人のシータ・ファル（二十六歳）、庭師・雑役夫のスイカール・デヴ（四十四歳）である。夫婦は、二階の共同寝室で寝み、三人の使用人たちは、屋敷に接続した別棟の使用人室で寝んでいた。

午前五時半頃、早朝の庭掃除のためにいつものように早起きしたスイカールは、建物の二階から、叫び声とも悲鳴とも口論ともつかない大声が聞こえてきてびっくりして目を覚ました。そろそろ日が昇ってあたりが明るくなりつつあった頃だ。その声は、男女入り交っていて、どうやら二階のグプト夫妻の寝室から聞こえてきたようだった。悲鳴交りの叫び声のようなのでよくわからないが、おそらく男の声はグプト氏のもので、女性の声はグプト夫人のものだろうと思うと後にスイカールは証言している。男女どちらの声が先に聞こえたかとの問いかけに、スイカールは首を傾げて、最初に女性の悲鳴のような声が聞こえて、それから男女入り交じった声がしたと述べている。

それから間をおかず、中庭の方でドスンと何か大きな落下音のようなものが聞こえ、スイカールが急いで駆けつけてみると、二階の寝室の突き出たベランダのほぼ真下に、寝着姿のグプト氏が頭から血を流して倒れているのを見つけた。頭部が庭の硬い岩にぶつかってかち割られたようになっていて、おそらく落下したときに岩に頭部が直撃した様子だった。スイカールが駆け寄って脈をとってみたが、グプト氏は既にこと切れているのがわかった。スイカールが建物の方を見上げると、髪を乱したグプト夫人が、欄干を握りしめて二階のベランダ越しから身を乗り出し、なにか叫んでいた。

グプト氏の体は、調べてみると、いくつか打撲傷があった。胸の下部と、両膝に、激しくなにか打ちつけたような跡があった。それらは新しい傷で、死の直前に負ったものと推定された。二階寝室のベランダの欄干には、なにかがぶつかったような跡と、グプト氏が着ていた寝着の切れはしが付着していたそうだ。そこから察するに、グプト氏は、落下直前に、寝室のベランダの欄干に激しく衝突したらしいことが窺えた。それがはたして、グプト氏が何者かと格闘した跡なのか、それとも一方的にグプト氏が欄干にぶつかったのかどうかは、はっきりしなかった。

スイカールの証言によれば、そのとき二階のベランダから顔を覗かせていたグプト夫人は、ネグリジェ姿で、取り乱した様子で、誰に向かうともなく、「私じゃない！　私じゃないわ！」と訴えかけるように叫んでいたという。

その叫び声を聞きつけて、運転手のダンナ・ライダースと料理人のシータ・ファルも起きて中庭に駆けつけてきた。誰か賊が屋敷に入って、主人を突き落としたのかもしれないと思って、ダンナとスイカールは、落下現場の番をシータに任せ、屋敷に戻り階段を上って二階の寝室に駆けつけた。夫妻の寝室に賊が潜んでいるかもしれないと思って、スイカールは、ステッキを携えて、寝室におもむいた。扉を引いてみると、中から錠がかかっている。スイカールとダンナは、「マダム！」と叫んで扉を叩いた。夫人は取り乱した様子だったが、じきに扉を開けて二人を中に通した。スイカールとダンナは、寝室に不審者がひそんでいないかと隈なく調べて回ったが、人が潜んでいた痕跡はなかったという。グプト夫妻が寝ていたダブルベッドは荒らされたような痕跡があり、シーツは皺くちゃでマットレスが床に落ちていた。泥棒が荒し回ったか、あるいは寝室で派手な夫婦喧嘩が演じられたようにも見え、ともかくベッドの上で争い事をしていたような様子があったという。

寝室に不審者が見つからないし、何者かが建物の中にひそんでいた様子も、建物の中から誰かが外に出た形跡もない。とすると、その状況で、グプト氏が転落した状況として考えられるのは、おおまかに二つの可能性がある——その時点でスイカールはそう考えたと証言している。グプト氏が自分で階下に飛び下りて死んだか、もしくは、グプト夫人がグプト氏を突き落としたか。しかし、グプト氏が自殺するとは到底思えなかった。後で詳しく調査がなされたが、グプト氏の遺書のようなものは見つかっていない。また、グプト氏を知る者が口を揃えて言うことには、彼はおよそ自殺しそうな性格ではないし、自殺する動機のようなものも全然見当たらないという。また、事故でベランダからあやまって落ちるのは、高めの欄干があるだけに、考えにくいという。欄干の高さは一メートル強あるので、わざと乗り越えるのは簡単だが、あやまって転落する事故は起こりにくいと思われた。そうすると、夫人が夫を突き落とした可能性がクローズアップされるが、夫人は髪を振り乱して、「私じゃない！　夫が勝手に落ちたの！」と真剣に訴え続けていたという。

やがてライダースからの通報を受けて警察が到着し、朝の六時半頃から現場検証が始まった。グプトの叔父で耳の不自由なナオカールは、同じ二階の別の部屋で寝ていたが、訊問されても何も知らないの一点張りだった。耳が聞こえないために、隣室で生じた物音や叫びにもまったく気づかなかったという。

他の関係者に訊問をしてみると、夫人に不利となる証言が引き出された。事件の前日、グプト夫妻は激しい口論をしているのを使用人たちに目撃されている。その口論の内容は、グプト夫人が、若い男と浮気をしているだろうとグプト氏が責めたてたものだという。相手の男とされたのは、グプト夫人にフランス語と音楽を教えているリシャールというフランス人だ。

事件の前々日の二月二十八日、グプト氏は、仕事を終えていつもより早く帰ってきた。そのときグプト氏は、妻とリシャールの情事の現場を目撃したと主張していたらしい。夫人はそのことを否定し、そのことで激しい口論になっていたという。

警察が、リシャール宅に行って、グプト夫人との関係を問いただしたところ、リシャールは、最初のうちは否定していたが、やがてグプト夫人のショーコと、情実関係にあったことを認めた。二月二十八日は、使用人を外に追いやり、グプト氏が仕事で帰ってこない時間帯を選んで情事に耽っていたところ、いつになく早くグプト氏が帰ってきたことに気づいて狼狽した二人はあわてて服を着ようとした。リシャール氏は咄嗟に、部屋のクローゼットに身をひそめようとしたが、そこは大の大人の全身を隠しきれるほどには大きくない。彼は急いで階下に下りて、物陰に身をひそめたそうだ。

クプト氏は、自分が不在の間に妻が男を自宅に連れ込んでいる疑いを抱いていたらしい。そのことでグプト氏は妻を問い詰め、夫人が否定したため、激しい口論になったという。リシャールは、隙を見て建物から一旦脱出し、玄関から入り直してたった今訪ねてきた客を装って、グプト氏の前に姿を現した。リシャールの出現を見てグプト氏は、怪しんだ様子で、じろじろとリシャールを見つめ、どの程度この家に通っているのか等、あれこれと詮索するように訊ねてきたという。リシャールはそのときはうまく言い逃れ、言いくるめられたと思ったそうだが、グプト氏の疑念を完全に拭いさることはできなかったようだ。

警察は、そのリシャールの証言をもとに、再びグプト夫人を訊問したが、相変わらず夫人は、リシャールとの情実関係については頑強に否定した。

だが、愛人の存在がほぼ裏付けられたことによって、グプト夫人への疑いはさらに強まった。若い愛人をもつグプト夫人は、夫を排除したいはっきりした動機があることになるからだ。

その上、犯行の機会の問題がある。事件当時、グプト氏と夫人は、同じ寝室に、内側から錠をおろして寝んでいた。そのときに、その寝室内に別の人物がいた可能性は、これまでの調査では裏付けられていない。自殺するとは思えないグプト氏が、残された痕跡から推測される転落状況からみて、事故で二階から落ちたとも考えづらい。とすると、最も有力なのは、同じ部屋にいたグプト夫人に突き落とされた可能性である。わざと突き落としたなら殺人だし、夫婦で争ってもみあっているうちにグプト氏がベランダから転落死したとすれば、夫人が過失致死を犯したことになる。これが現在のところ、一番ありそうな可能性と目され、警察がグプト夫人を、グプト氏殺害ないし過失致死の最有力容疑者と目しているのはほぼ確実のようだ。

念のため、グプト氏が死亡した晩は、リシャールはボンベイのホテルに遠征して、その晩演奏会をしていたことが確かめられた。したがって、リシャール氏のアリバイは成立し、グプト殺害の直接の下手人ではありえないことになる。

要するに、状況を総合すれば、グプト夫人がグプト氏を殺害した疑いが濃いと目されている。ただ、現時点では、まだ証拠固めができていないので、夫人は任意同行という形で、警察の取り調べを受けている段階だ。容疑が固まり次第、令状が出されて、夫人は逮捕されるだろう――というのが、シャンティからの報告に書き添えられていた。

大体以上が、ファックスで届けられた事件の概況である。

*

「こうみてみると、自殺や事故は、全くありえないとまでは言えないが、可能性はごく低そうだ」私は率直な感想を述べた。「だとすると、やはり一番有力な可能性は、夫人がグプト氏を突き落とした可能性だ。他に有力な説明可能性は、この書類を読むかぎりでは、思いつかない。君は何か思いつくの？」

「それは、まだ何とも言えない」冷静な様子で、君江嬢は首を振った。「そこに書かれている情報だけでは、あなたの言うとおり、それが一番有力な可能性だということになりそうね。でも一方、シャンティがショーコさんを無罪であると鑑定した以上、ショーコさんが犯人でないと私は信じている」

「じゃあ、一体どういうことになるというんだい？」

「だから、それを調べるために、いまこうやって現場に向かっているんじゃない。不可能に見える密室だって、調べてみれば盲点となる意外な抜け道があったりするわけで――それはあなたも、私と一緒にいくつか事件捜査をしてきたから、知っているでしょ」

「それはまあ、そういうこともあったかなと」

曖昧に頷きを返したところで、減速していた列車が駅に入っていくのが見えた。そろそろ目的地の駅に着いたようだ。

「そろそろね。行きましょう」

「はいはい」

荷物持ち担当の私は溜め息をついて立ち上がり、運ぶべき荷物を取り寄せた。二人分の荷物を詰めた重いスーツケースを一人で運ぶのは、ひどく気が重い。

「シャンティに電話をかけてくる。ちょっと待ってて」

そう言って君江嬢は、駅のプラットホームにある公衆電話に小走りで駆けて行った。

＊

電話を終えて戻ってきた君江嬢は、私に、

「車で向こうに行く手筈は電話で聞いておいたから。車にのる前に食事をしておきましょう」

と提案した。

「そうだね」列車の中では、売店で買った菓子をつまんでいたとは言え、空腹を感じていた私は即座に同意した。「ただ、昨日は辛いスパイスにやられたから……。今日は、あまりスパイスのきいてないものがいいな」

私がそういう注文をつけたのには、理由があった。この前日、夕食をとるために入ったボンベイのレストランでは、あまり深く考えずに普通のインド料理、つまり日本で言うところのカレーを私は頼んだ。すると、黒い肌をしたインド人の給仕がにこやかに何事か訊ねてくる。私の耳には「チ・リー？」とか言っているように聞こえた。その意味がよくわからず、ちょうど君江嬢が席を外していて相談もできなかったので、適当に「イェス」とかうなずくと、その後もどってきた君江嬢から、「あれは、スパイスを辛めにするかと聞いてるのよ」と教えられた。「並の日本人なら、そこは辛めでないのを頼んでおかなければならない。ちゃんと〝ノー〟と断って、〝マイルド・ワン・プリーズ〟とでもこたえておくべきなのよ。スパイシーなものを頼んだのだから、これは無事ですまないわよ」と脅された。実際、出されたカレーをひと口、口にふくんだ途端――口の奥から業火の如き熱いものが噴き出し、脳天を直撃するような衝撃とともに目の内側で白い火花がはじけとんだ――とでも形容すれば、少しはわかってもらえるだろうか。「くぇぇー舌が焼ける」とか叫んで、目から涙をこぼしながら、携えてきたペットボトルの水をがぶ飲みした。おそるおそるもう一口、口にいれてみたが、やはり口内が爆発して焼けただれたように感じる。スプーンに二口食べるだけで、1・5リットルの水を飲み干してしまった。「だめだ。もう食べられない」途中で私は音をあげ、平然と辛いカレーを食べている君江嬢に、残りを渡してしまった。「さすがの私もこれはこたえるわね」と言いながら、それでも君江嬢は、私が頼んだ辛めのタリーもたいらげてしまった。

そういう苦い経験があったから、今日はできるかぎりカレーは避けたいと思ったのだ。

「でも、スパイスを避けると、こっちでは食べるものがほとんどなくなるよ」

「いや、カレー自体は美味しいから、スパイス抑えめなら食べられる。昨日みたいな間違った注文の仕方さえしなければ大丈夫だ。でも、今日は舌を休めたいから、カレー以外のものにしたい」

駅の中にあるレストランを、曇ったガラス越しに覗き込んで君江嬢は、「ここならチャイニーズもあると書いてあるから、インド風中華も食べられるわよ」と指さした。

「中華、ね」私は頷いた。「そちらの方がよさそうだ」

中に入って給仕に案内されて私たちは席に座り、君江嬢は慣れた仕種でタリー一皿とサモサ、ウタッパと注文した。

「ウタッパって何だい？」

「インドのお好み焼きみたいなものよ」

実際、運ばれてきたその料理は、外観からしてお好み焼きによく似ていた。ソースをかけて食べるのではなく、スパイスで味付けがされているようで、一口試食してみたところでは、まさにインド風お好み焼きという味わいである。

「あなたは何を頼む？」

「そうだなあ」テーブルに置かれていた、油がしみついたメニューには、英語表記があるので読めないことはないのだが、どんな料理なのか意味がわからないのが多い。「中華なら焼きそばみたいなのはあるかな？」

「それなら、このVEGETABLE CHOW－CHOW（ベジタブル・チャウチャウ）ね」

「そうか、じゃあそれと、このOKAYOっていうのは何だろう？」

「それはよく知らないけど、お粥《かゆ》のインドなまりじゃない？　試しに頼んでみたら？」

よくわからないまま頼んでみると、中華粥の濃い味付けがされたようなものが出てきた。飯が入っているので、「オカユ」のなまったものとみなして大きく違わないようだ。君江嬢の説明したとおり、「ベジタブル・チャウチャウ」とは、焼きそばのようなものだった。肉は入っていないが、濃いめの味付けが割合とおいしく、昨日の料理のように目の玉が飛びだすほど辛くもなかったので、一日ぶりにおいしい食事にありつくことができた。

「肉が入っていない以外は、中華料理で食べる焼きそばに近いね」

「ヒンドゥー教では、肉食は原則は禁止だから」

「レストランでも肉は全然食べられないのかな？」

「いえ、欧米の食事スタイルの人もいるから、都市部には肉を出す店も結構あるわよ。農村とか田舎に行くと、たぶんあまりないでしょうけど。でも無理にインドで肉を食べようとすると、衛生状態のよくない料理が出てきたりするおそれがあるわよ」

「そうか。まあこちらにいる間は、ぼくもベジタリアンを通すことにするよ。辛すぎるのを除けば、本場のカレーはさすがに美味しいし、中華もまたインド風になると違った味があって面白いし」

「そうね。サモサ、食べる？」

　君江嬢は自分のところに運ばれてきたサモサを半分に切りわけて、私の前の皿にのせた。サモサはカレー団子みたいなもので、これは私も日本のインド料理店で食べたことがある。そばにある赤いどろりとしたソースに浸してから口にいれてみると、刺すような刺激があり、ケチャップと唐辛子を混ぜたような辛さがする。

「こ、これも辛い、辛すぎる……」

「辛いのが苦手な人は、用心してかからないとね」

　私よりはずっと辛さに適応力があるらしい君江嬢は、サモサに赤いソースをたっぷりと浸して口に放り込み、平然と頰張っている。

「それって慣れるものなの？」

「スパイス料理も、だんだん耐性がつくみたい。これは経験則ね」

*

食事を終えて私たちは、駅構内から出て、外へと向かった。

インドで駅に降り立つのはボンベイのステーション以来だが、こちらはずっとこじんまりしていた。改札にあたるところを通り抜けても、それをチェックする駅員はいなかった。くすんだ空のもと、砂塵の舞う駅前広場に傷んだ舗装道路がのびている。大都市のボンベイに比べれば人通りは少なめだが、水壺をもった女性や牛車を引いた使役人などが大勢行きかっているのが見える。

私たちを旅行客だとみてとるや、駅前にたむろしていた力車の運転手たちが、「うちの車に乗れ」と合図をしたりクラクションを鳴らしたりしてくる。しかし、力車で行けるのは近場に限られるから、距離がある目的地までは力車でなくタクシーを選ばなければならない。客引きの激しい駅前広場をぬけ、タクシーが拾える大通りにまで私たちはなんとかたどり着いた。

そこで私たちはタクシーをつかまえて、シャンティから指示された地名を運転手に見せた。顎鬚をたくわえた浅黒い肌をした運転手は黙って頷き、トランクに私が荷物を詰めるのを待ってから、勢いよく車を発進させた。私が後部座席に腰を下ろす間もなく、ガクンと大きく車が揺れ、私は頭を背もたれにぶつけてしまった。こんなに急発進するのが、インドの運転では標準的なのだろうか。

「痛っ……」

隣席でぴんと背筋をのばして坐っている君江嬢は、正面を見据えたまま、冷やかに言った。

「心しなさい。インドの運転手は、日本のドライバーほど優しくないのが多いから」

「ボンベイで学習したつもりだが、いまだに慣れないや……」

砂塵にかすむ道路を三十分ほど進んで、目的地に着いたのか、車を止めて運転手が私たちの方を向いて「オーライ？」と訊いてくる。君江嬢が身を乗り出して窓の外を確認する。

「来てる。彼女よ――シャンティ」

「じゃあここでいいんだな。では料金支払いを……」

私が財布から一〇〇ルピー札を一枚取り出して渡そうとすると、運転手は「ノーチェンジ」と言って首を振っている。

「は？」

「お釣りがない、って言ってるのよ」横から君江嬢が解説する。

「オーケー。テイク・ゼム」

私がそう言うと、にやりと笑って運転手は一〇〇ルピーを懐にしのばせた。現在は物価の格差はかなり縮まっているが、この頃のレートでは一ルピーが大体日本円にして五円から六円くらいの換算だった。銀行での正規の換金ならもう少し高いのだが、町の両替屋での市場価格では、一〇〇ドル札を出すと、一〇〇ルピー札が大体十六枚から十八枚くらいもらえる。それにしても、巷に売られているものを見回すと、一〇〇ルピー札一枚あれば、日本の感覚でいえば五、六〇〇〇円分くらいの買い物ができる。一〇〇ルピーは、タクシー料金としては、法外なのだが、値段交渉に無駄なエネルギーを費やしたくない私は、釣りを請求せずにそのまま下りた。

それにしてもインドでは、「小銭がない」と言って釣りを渡そうとしない商人が実に多い。なるべく損をしないためにも、常時小銭を用意しておく必要がある。持っているのが一〇〇ルピー札ばかりでは、おちおち買い物もできない。

車を下りたすぐ近くには、石造りの門があり、周囲に緑の植木があり、赤い煉瓦造りの屋敷が塀の向こうに見えていた。

道路沿いに私たちがその屋敷に近づくと、ちょうど門のところに青いサリーを着た小柄な女性が歩いてくるのが見えた。さらに近づくと、それがシャンティなのはすぐにわかった。

「なつかしい〜」「ひさしぶりね」君江嬢とシャンティは、再会を喜ぶ抱擁をかわしている。

「事件を解決したら、報酬に加えて、インド料理の奢りは約束だからね」と君江嬢が釘を刺すように言っているのが聞こえた。

「はいはい、それはわかってますって」やれやれという感じで、シャンティは肩をすくめて、溜め息をついた。

前に見た占い師のいでたちとは少し違うが、色が浅黒いシャンティのサリー姿はいかにも違和感がなく、風景に溶け込んでいた。流暢な日本語を聞かずにその外見だけを見れば、誰も彼女を日本人だとは思わないだろう。

しばらく二人の女性は、なにやら私には理解できない言葉で会話をかわしていた。早口の英語か、もしくは、ヒンディー語でのやりとりだったのかもしれない。ようやく会話が一段落したらしく、シャンティが私の方を見て、

「そちらが助手の常田さん……?」と訊いてきた。

私は、会話がやっと理解できる言語に戻ったことにホッとし、「はい、東京のパーティー以来ですね」とこたえた。「おひさしぶりです」

「ああ、そうだったわね。よろしく」彼女が手を差し出したので、私はその手を握った。女性にしては武骨な感触のする手だった。

「この手の事件なら、私が訊いただけでわかりそうなものだけど、どうしてだか真相がわからないの――誰も嘘をついてないはずなのに、このままだと無罪のショーコさんが犯人ということにされてしまいそうなの――」

「今回の依頼人ってことになってるけど、ショーコという方が犯人でないのはたしかなのね?」

「ええ、少なくとも彼女の主観では殺したりしていないはずよ。いくらうまく犯行を否認していても、嘘を言っていれば私にはすぐわかるはずだから。それで、あなたに助力を求めることにしたの」

「関係者になにか盲点となる見落としがあるってことかしら?」

「ええ、たぶん……」

「あの、嘘を言ってるかどうかわかるって能力があると聞きましたが」と私は口を挟んだ。「それって、どういう風にわかるものなんですか？」

「えっ？」シャンティは一瞬戸惑った顔をして私の方を見たが、破顔一笑、

「ああ、そういう風に説明されたのね」と言う。

「は？」

「いえ、そんな風に言われると、なにか特別な超能力みたいじゃない。でも、あなただって、人が喋っているのを見て、ときどき嘘くさいとかわかることがあるでしょう？」

「ええ、それはまあ、ありますね。どこかおどおどしていたり、視線が泳いだりしているときとか……」

「私がわかるっていうのも、そういう判断力と同じよ。そういう判断力をちょっと研ぎ澄ませたもの、とでも言えばいいかな。普通の人より、若干鼻が効くというか……」

「それは匂いでわかるんですか？」

「匂いっていうか、微妙な波動みたいなものかなぁ。でも、これは訓練すれば、あなただって誰だってわかるようになるものよ。たとえば、百人か二百人かホントかウソかを判定するトレーニングを三週間くらいしてごらんなさい。わかる力が必ず身につくから」

「そういうものなんですか？」半信半疑で私は訊きかえした。

「そういうもの」にこやかにシャンティは断言し、また君江嬢の方を向いて、「まずは会って

話を聞いてもらった方がいいわね」と言う。

　君江嬢は頷いて、

「そうね、そうさせてもらうわ。いま、その依頼主のショーコさんはどうしてるの？」

「たぶん今は屋敷の二階で寝てる。そこに警官が立っているでしょ」シャンティが顎で示した先には、屋敷の門のそばに立っている、青い制服姿の警官らしい男の姿があった。「まだ正式に逮捕されていないけれど、事件の重要参考人ということでショーコは、遠出は禁止、外出するときは警察に届け出るように指示されているの。この屋敷の外に一人警官が番をしてる。今からそこの警官には、あなたたちのことを断ってくるわ。無断で客人と会うことも禁止されてるから――」

「そう。いろいろ大変ね」

「殺人事件の容疑者と目されているから、やむをえないわね。一種の軟禁状態におかれるのも。ショーコはいま体調が思わしくないから、どの道、外に出かけることはかなわないのだけれど――」

「すぐショーコさんと、話はできるかしら？」

「ええ、あなたが来るってことは伝えてあるから、短時間なら、話はできるはず。グプトさんが死んだショックと、長時間の取り調べを受けた疲労で寝込んでいるけれど、短い時間なら、ベッドの横に行って会話するのはできると思う」

「そう」と君江嬢は頷いた。「ではまず、彼女の話を聞かせてもらおうかしら」

「こちらへどうぞ」シャンティは膝を追って恭しく君江嬢に手をさしのべ、私の方を向いて、嫣然《えんぜん》たる笑みを浮かべた。

私は、立ち番をしている警官の横を通りすぎ、石づくりの門をくぐって、熱帯の木々が生い茂るグプト家の敷地に入っていった。

*

ここは、気温だけでみれば、日本の夏と同じくらいだが、暑さの質が違うと感じる。日本の夏はほぼ蒸し暑いにきまっているが、ここではカラッとして高温という、日本とは違った質の暑さがある。無帽のまま日向で直射日光を浴びていたら、数分で日射病になって倒れてしまいそうだ。しかし、木陰か屋内にいれば、日光のあたるところとは別天地のような涼しさである。日陰と日向のあまりのコントラストの大きさに、涼しい菩提樹の下で悟りを開いた釈迦のエピソードを想起した。迷いと悟りは、日向と日陰ほども異なるという釈迦の比喩は、日本のような気候の温和な地域に暮らしていると、あまり実感がともなわないだろう。その比喩は、このインドの地にきてみれば、実によくわかるものがある。

シャンティの案内で、私たちはグプト家の建物の中に通された。入ってすぐ、ベージュ色のカーペットが敷かれた短い廊下を通って、食堂と連結した居間に通された。屋内に入るとひんやりとして薄暗い。窓にはレースのカーテンがかかり、棕櫚《しゅろ》か椰子の木が窓に覆いかぶさっているのが見える。私たちが入ったときに、部屋の隅に二人の使用人らしい人物が立っていた。シャンティは、その二人に向かって、私にはわからない言葉――おそらくヒンディー語でなにやら話しかけた。年配の色黒の男性はしかめつらしい表情で、何度か頷き、隣りの、メイドらしい褐色の肌をした若い女性もそれに合わせて頷いていた。

しばらくしてシャンティはこちらを向いて、「ここの使用人をつとめる、運転手のダンナ・ライダースと、料理人のシータ・ファルです」と紹介した。

「ハイ」君江嬢はにこやかに笑みをかえして、「ナイストゥミーチュー」などと言っている。

「後で話を聞かせてもらうから」

そう言って君江嬢は使用人たちに手を振った。室内は、洋風の調度がなされ、古いイギリス映画に出てくる貴族の邸宅のようだ。かつてイギリスの植民地だった土地柄で、建築様式にはイギリス風のものがかなり多いと見受けられる。

「まずはグプト夫人の話を聞かせてもらいましょう」

「ええ、こちらへ」

シャンティが奥の階段へと向かい、私たちはその後に従った。階段は木製で、脇の手すりには、蔦模様の装飾が施されている。二階に昇ってすぐのところに、立派な金色のノブがついたドアがあった。どうやらそこがグプト夫人ことショーコのいる寝室らしい。

そこの扉を叩いて、シャンティが言った。

「ショーコ、いいかしら?」

「どうぞ」中から、女性の弱々しい声がかえってきた。

扉を開けて部屋に入ると、長い髪を振り乱してベッドに横たわる中年女性の姿があった。額にビンディが張られ、肌が浅黒いので、見た感じでは、インド人らしさと日本人らしさが半々で混じり合っている印象だ。

「日本からいらした、探偵の星野君江さんと、助手の常田さんよ」

シャンティが私たちを紹介し、ベッドの女性は弱々しく頷きを返している。シャンティはその女性の耳元で何やら小声で囁き、女性は「オーケー」とか「ノー・プロブレム」とか言っているらしいのが聞こえた。

やがてシャンティが私たちの方を向いて、「聞きたいことがあったら、何でも聞いてくださって結構とのことです」と言う。「ただし、ひどく疲れやすいので、なるべく手短に願いたいとのことです」

「わかりました」君江嬢は一歩前に進み出た。「シャンティさんから事件の概要の報告は聞いています。彼女からのレポートと、英語の新聞記事は読みました。この情報に関して、間違っていることとか、付け加えることとかはありますか？」

「ショーコ、なにかありますか？」とシャンティも訊く。「前に私が送る報告書は、文面を見せたと思うけれど」

シャンティから渡されたレポートを受け取って、横になった姿勢のままショーコがそれを一瞥する。

「ほぼそのとおりです。ただ、私に愛人がいたととれるこの記述はちょっと違います。あれは、ただ親しくしている男の友人がこの家に来ていただけなのです――」

「嘘ですね」シャンティの冷たい声が響いた。

はっとして、ベッドのショーコは大きく目を見開いた。

「私の前で嘘はつかないでと言ったでしょう、ショーコ」ベッドの女性を睨みつけながら、諭すようにシャンティが言う。

ショーコは目を伏せ、「ごめんなさい」とつぶやいた。「でも、だからって、私は、そんな、夫がいなくなってほしいなんて――」

「それはわかってるから。誰もあなたが夫を殺したなんて信じていないから。正直に話しなさい。探偵を私が呼んだのは、あなたを助けるためなんだから」

ショーコはこくりと頷いて、「私の知っていることでしたら、何でも話します。なんなりとお訊きください」と言う。

「じゃあまず、その事件のあった前日の話から聞かせてください。ご主人が突然帰ってきて、家庭教師の男性が家にいたために、ご主人と諍《いさか》いが起こったという日のことを――」

「大体、そこのレポートに書いてあったとおりです。私がこの部屋でリシャールと語らっていたときに、突然、夫が門のところに現れたのがみえたので、少しうろたえました。あわててリシャールには隠れてもらって、後で訪問客のふりをして夫の前に姿を現すようにしてもらったのですが、夫の方では、私が彼と浮気をしているのではないかという疑いをもったようで、厳しく責められました」

「その、ご主人の疑いは、実際のところ、事実だったわけですね?」

「はい」それまで目を伏せていたショーコは、上目使いにシャンティの方を見やって言った。

「シャンティの前では、嘘がつけませんから――。そのとき夫に問い詰められたときは、ずっと否定し通したのですが――」

「そのリシャールさんとの関係はいつから?」

「知り合ったのは半年ほど前です。近くの音楽イベントの会場で知り合って、ときどき話をするようになりました。私は、日本にいたときに、ピアノや弦楽器を習って、音楽の素養は一通り身につけていました。それが、こちらに渡ってきてから、この家にも楽器はあるのですが、みなインド式の楽器で、日本にいた頃に慣れ親しんだ音楽から切り離されてしまったのが寂しくて――。それで、音楽家のリシャールさんと知り合えて、また西洋音楽の話ができて、とても楽しい時をもつことができるようになりました――」

「リシャールさんとの交流は、ご主人には話していなかった?」

「ええ、まあ。知り合って間もない頃は、近所に音楽友だちができたということを言ったような憶えがありますが、主人は全然興味を示しませんでした。家庭教師を雇って音楽とフランス語を習うようになったとは主人に説明はしてありましたが――」

「リシャールさんは、こちらのお宅によく来るようになっていたんですか?」

「はい、一月ほど前からちょくちょくと――。もう、そのときは彼と深い関係になっていたので、夫のいないときを見計らって、来てもらっていました」

「ご主人と別れて、そちらの方と一緒になることは考えていらしたんですか？」

「いえ、そんな、どうしてそんなことができましょう。私は経済的にすっかり夫に依存していますし、リシャールはアルバイト程度の収入しかない人ですから――」

「この家に呼ぶのは、使用人たちの目を気にしなくていいんですか？」

「使用人たちは、みな私の味方でした。それに、庭師のスイカールと話したところでは、夫もまた、よそに愛人宅があって、そこに時々通っているそうなので、お互いさまじゃないかというのもありました」

「ご主人にも愛人が？」君江嬢は、ぴくりと眉を動かした。「そのことは、スイカールさんが知っているのですね？」

「ええ、おそらく。他の使用人たちも知っているのかもしれませんが、そこはよくわかりません――」

「わかりました。そのことは、後でスイカールさんに聞いてみます。それで、事件当夜のことをお聞かせくださいますか」

「あの晩のことと言われましても、大して話すことはございません。いつものように、夜の十時頃に就寝いたしました。主人とは冷戦状態でしたので、ほとんど口を利きませんでしたが、寝室に入ったのはいつものように同じでした。そして、翌朝、なにか大きな声がするので、目が覚めたら――あんな、恐ろしいことに……。それは、そのレポートに書いてあるとおりです」

「そのとき、この寝室に誰か人が入っていた可能性はありますか？」

「それは、ないと思います。誰か人がいたら、絶対その気配を感じたはずですし、この室内は、そこのクローゼットも含めて、人が姿を隠せる場所などありません。寝る前にドアに内から錠をかけますし、その日も、朝、私が錠を外すまで締まっていましたし――」

「その点については、少し後で室内を調べさせてください。あと、その晩、なにか気づいたことなどはありませんでしたか？」

「気づいたこと……？　別にありません――ずっと寝てましたから」

「夢などは見ましたか？」

「夢、夢ですか。そういえば、ひどくうなされたような気がしますが、夢を見たかまでは覚えていません。それがなにか？」

「いいえ、聞いてみただけです。では、少々室内を拝見させてもらいます」

そう言って君江嬢は、つかつかと窓の方に歩み寄った。そこの窓枠のあたりをまじまじと観察し、レース製の茶色いカーテンをめくったりしていた。続いてベランダに出て、そこから下を眺めて、距離を目測しているようだった。二階といっても、天井が割合高めで、日本の標準的な二階建ての家屋よりは、地面までの距離がかなり長い。

それから君江嬢は室内に戻り、四つん這いになってベッドの下を見やり、虫眼鏡をとりだして目にあて、そのまま犬のような姿勢で室内を移動し、床をひととおりじっくり観察した。やがて立ち上がって、クローゼットなどの室内にある家具を睨んでいた。

「ふむ、おっしゃるとおり、人が隠れそうな場所はないようですね」

続いて君江嬢は、室内の壁をコンコンと叩いて回った。ひと通り部屋の中を調べ終わると、私のそばに戻ってきて、

「秘密の出入口もなさそうね」と言った。

「もしそんなものがあれば、警察がとっくに見つけているだろう」と私が応じた。

「一応自分の目で確かめておかないとね」

それまで黙ってやりとりを聞いていたシャンティが口を開いた。「質問はもういいかしら？」

「ええ、ありがとう。あ、あと一つだけ。その、リシャールさんとは話ができるかしら？」

「彼はここにはいません。そこのメモ帳に彼の電話番号が記してあります。彼が住んでいるのは、ここからかなり離れたところです。車で行くのなら、三十分ほどかかります」

ショーコが指差した先の小机に置かれていた小さなノートブックを君江嬢は手に取り、「これですね？」と言いながら、そこに書かれた数字を自分の手帳に書き写していた。

「お疲れのところ、どうもありがとうございました。もしかしたら、また、あらためて聞きたいことが出てくるかもしれませんので、その節はよろしくお願いします」

「これから二時間ほど昼寝をしますので、またおいでになるときは、夕方五時以降にしてください」

「承知いたしました」

恭しくお辞儀をして、君江嬢は退室していき、私とシャンティも彼女に従って部屋を出た。

＊

「電話を借りられるかしら？」

二階からの階段を下りきったところで君江嬢がそう言ったので、シャンティは頷いて、

「ええ、スイカールさんに頼めば一階の電話を使わせてもらえると思うけれど、どこにかけるの？」

「さっき番号を聞いたリシャール氏よ。住んでいるところが遠いなら、電話でだけでも話を聞いておこうと思って。彼は英語で話せるんでしょう？」

「ええ、それは話せるでしょう。ただ、今かけても在宅しているかどうかは定かでないけれど――」

「もし不在なら、それは仕方ない。後でまたかけ直すわ」

「わかった。電話のやりかたは、日本のものとかなり違うから、私が頼んでかけてもらうわ」

一階の居間に戻ったシャンティは、スイカールを呼び出し、電話のことを頼んでいた。了解を得て彼女は、受話器をとって、ダイヤルを回している。どうやら日本での古い電話に似て、交換局につないで、オペレーターに呼び出してもらう形式のものらしい。

受話器をもって英語で話していたシャンティは、相手につながったらしく、事件に関して聞きたいことがあると頼んでいるらしいのが聞こえてきた。やがて彼女はもっていた受話器を、

君江嬢に手渡した。

「つながったわ。リシャールさんが出てるわ。電話代のコストが、ここは結構割高だから、話はなるべく手短にね」

「了解」

受話器をうけとった君江嬢は、英語で、なにやら相手と会話をかわし始めた。スローペースの英会話なら、私もなんとか聞き取れるのだが、早口になると、途端についていけなくなる。グプト夫人との関係や、事件関係について知っていることなどを相手に訊ねているのが部分的に聞き取れた。

三分ほどで通話を終えて、君江嬢は受話器をもどした。

「聞きたいことは、聞けた？」と私が訊ねた。

「ええ、まあ。でも、彼、あまり役に立つ情報を持ってないみたいね。新しいことが何も引き出せなかった。まあいいわ。次に行きましょう」

＊

「グプト氏が転落したとき、最初に発見したのは、たしか庭師のスイカールさんだったわよね？」

君江嬢がそう訊ねると、シャンティは頷いた。「ええ、そう、そのはず」

「じゃあ次は、そのスイカールさんに質問したいのだけれど――」

「すぐ呼んでくるわ。彼は英語が話せるから、私が通訳する必要はないと思う」

一階の居間のソファに腰掛けてしばらく待っていると、シャンティが、彫りの深い顔だちをした褐色肌の庭師を連れてきた。洋風の灰色のシャツに、青いつなぎのような作業服を着ている。

君江嬢は簡単に自己紹介して挨拶をかわし、質問をさせてほしいと頼んだ。庭師は重々しい仕種で頷き、君江嬢は、館の主人が転落したときの記録に書かれていたことをいちいち確認していった。

「……大体、そのとおりでございます」庭師は少しかすれた声で、質問の一つ一つに肯定の返事をかえしている。

「二階から人の声が聞こえたとき、咄嗟にはどんな声だと思った？」

「奥様の悲鳴のようだと思いました。また、夢遊病の発作が出たのかなと思いました」

「夢遊病？」庭師への訊問で、初めて新たな情報が得られたためか、君江嬢はぴくりと体を動かした。「どうしてそう思ったの？」

「奥様は夢遊病の気があるのではないかと思ったことが何度かあるのです」

「詳しく聞かせてちょうだい」

「いえ、それは、単なる私の想像というか推測に過ぎないのですが、これまで何度か夜にお部屋のベランダで、奥様が朦朧としたご様子で、ふらふらと歩いたりしているのを見たことがあります。ときどき、悪夢を見られる体質なのか、これまでも何度か、寝室から奥様のうなされる声とか叫びを聞いたことがあります。夢見たまま、屋敷の外にまで出歩いたというほど極端なわけではありませんが――。それと、以前、旦那様から、寝ぼけた奥様に首をしめられそうになったことがあると話していたのを聞いたことがあります。ですから、奥様は、いわゆる軽い夢遊病をわずらっているのではないかと――それは、あくまで私の推測にすぎないのですが――」

「ふむ、それは興味深いわね」

君江嬢が手を頬に当てて考え込んでいる様子なのを見て、私もその内容が少しわかる気がした。グプト夫人が夢遊病だとすれば、自覚なく夫をベランダから突き落としたのではないか――そういう推測が成り立つ。それなら、罪の自覚がないので、ショーコに対して嘘のサインが出ないのも説明がつく。実際の事件でそういう事例があったと聞いたことがあるし、ミステリ小説でもいくつか、夢遊病者の犯罪を描いたものがある。もしかしたら、今度の事件の真相はそんなところにあるのではないか――そういう気がした。

「それとも一つ。グプト夫人は、夫がいないときによく、フランス人のリシャール氏をこの家に連れ込んでいたそうですが、あなたはそのことを知っていましたか？」

「ええ、それは時々姿をお見かけしましたから――」

「夫人は、リシャール氏と深い関係にあったと見受けられましたか？」

「ええ、おそらく、そうだろうと受け取っていました。直接現場を見たわけではありませんが

――」

「そのことは、あなた以外の、他の使用人は知っていることですか?」

「はい、大体は知っているかと。特に住み込みで働いている、運転手のダンナ・ライダースや、料理人のシータ・ファルは知っていた様子です」

「一家の女主人が、愛人を家に連れ込んでいるのは、使用人としては、どう受け止められるものなの? 黙認すべきものなの?」

「いいえ、そういうわけではありません。ただ、こちらの場合、既に旦那様が、公然とご近所の家庭に赴いてそこの人妻と情事をもっていましたから――。旦那様がおおっぴらにそういうことをしている以上、奥様もまた、家でそういうことをなさっていても、咎め立てるわけにもいかないと思いまして――」

「グプト氏も外に愛人がいたわけね? その相手はどういう人なの?」

「他にもいるかもしれませんが、このご近所のダシュワント家のご夫人が、旦那様のお相手だったのは、使用人界隈ではよく知られています。われわれ使用人同士にも、情報のネットワークがありますから――」

「主人から妻の情事について知っていることがないか、訊かれたりはしなかったの?」

「それは何度かありました」

「そういう場合は、どのように答えているの?」

「何と申しますか、ありのままに申し上げるのは、奥様や関係者の不名誉につながるおそれがありますゆえ、何とも申し上げられないというのが正直なところでして――」

「そう。それで、そのダシュワント家――」君江嬢は、その名前をメモしていた。「グプト氏の相手だったのは、そこの夫人なのね？　そこの場所を教えてもらえるかしら？　訊問してみたいのだけれど――」

それに対して横に立っていたシャンティが、

「それでしたら、私が場所を知っているから案内します」と申し出てくれた。

「ありがとう。じゃあお願いするわ」

「スイカールさんへの質問はもういい？」

「ええ」と君江嬢は頷いた。「大体、聞きたいことは聞けたから――」

＊

スイカールから教えてもらったダシュワント家は、グプト家から徒歩で十五分くらいのところにあった。近づいてみると、屋敷の周りを熱帯樹で囲われた、グプト家の似たつくりの一軒家である。どうやらこの一帯は、このあたりは比較的裕福な家がかたまっているところのようだった。

「こちらの家の方とは、交流があるの？」君江嬢が、シャンティの方を向いて訊いた。

「メイドの一人と知り合いだから――いま呼んでみるわ」とシャンティがこたえた。

シャンティが呼び鈴をならすと、くすんだ麦色のサリーを着た女性が玄関に現れた。年齢は二十代後半くらいだろうか、睫毛が長くのびた顔だちの整った女性である。

「サティ！」とシャンティが呼びかける。

その女性が門のところに来て、シャンティとヒンディー語（らしい）で何やら会話をかわしている。

一分ほど彼女と話をした後で、シャンティが君江嬢の方を向いて、

「質問するのはいいけど、彼女、英語もあまりわからないって。だから、私が通訳するけど、あまり難しい内容を伝えられるか自信ないわ」と言う。

「わかった」君江嬢は頷いた。「じゃあまずひとつ。グプト氏が、こちらの奥様といわゆる愛人関係にあったことを彼女が知っているかどうか訊いてみて」

「直截に訊きづらい内容ね。まあ表現を婉曲にして訊いてみる――」

シャンティは、ヒンディー語でサティというメイドに話しかけている。サティが頷いている仕種からして、どうやら問いに対して肯定しているらしいのはみてとれた。

「知っていたと言っているわ。つい三日前でも、この家で、グプト氏と主人のダシュワント氏があやうく鉢合わせしようとしたくらいですって」

「鉢合わせ？」君江嬢は眉をぴくりと動かした。「それってどういう状況だったの？」

シャンティがまたヒンディー語で質問をして、その内容を訳してこちらに伝える。

「こちらの家にグプト氏がお忍びでやって来ていて、夫人のいる寝室に忍び込んでいたんで

すって。そのときにダシュワント氏が、たまたま会社から早く帰って来たそうよ。夫人が『主人が来た！』と知らせて、グプト氏が間一髪で逃げだして、鉢合わせするのはなんとか免れたそうよ。夫人はなんとか夫には知られずに隠し通せたみたいだそうで」

「それって、グプト家の主人とリシャール氏との間で起こったこととよく似てるね」と私が口を挟んだ。

「そうね、そのとおりね」と君江嬢も肯定する。「そういうことがこちらでも起きたというのは、偶然の一致かしら？　それとも、この事件になにか関係があるのか？」

「誰かが意図して、不倫相手と夫の鉢合わせを引き起こそうとしたってこと？　でも、誰がそんなのを仕組めるっていうんだい？」

「うーん、それはまだわからないわね。その、鉢合わせしそうになったという、こちらの家の現場を見せてもらえるかしら？　シャンティ、頼んでみてくれる？」

「この家の中に入れてもらいたいってこと？　それって、事件の捜査に関係があるの？」

「わからないけれど、もしかしたら調査に役立つかもしれない」

「わかった。訊いてみる」

シャンティは、サティの方を向いて、何やら仕種を交えて、説得調の語りかけをしている。最初はしぶそうな表情をしていたサティがやがて、妥協的に頷いているのが観測された。じきにシャンティがこちらに戻ってきて、

「少しだけなら、入ってもいいって。いまちょうど、主人も夫人も出かけていて不在だそうよ。

ただし、じきに外出から帰ってくる可能性があるので、中を見るのは、ごく短時間にしてくれって」

「わかった。ありがとう」

*

われわれが案内されたのは、一階にある夫婦の寝室だった。畳に換算して十畳ほどの大きさの寝室で、南側にフランス窓のある洋室である。階がちがう以外は、さきほどグプト家で見た夫婦の寝室と、大きさもつくりもよく似ていた。君江嬢はすばやく目をめぐらせ、隅にあるクローゼットの中を開けて観察し、ベランダから中庭へ出てみたりしていた。中庭には水色のパラソルが置かれ、芝生が植えられている。塀際には熱帯樹が生い茂り、キーキーとなく鳥のいる巣が上方にあるようだった。

メイドのサティが困り顔で、「あまり勝手にじろじろ見られては困る」ということをシャンティを介して伝えた。君江嬢は「ソーリー」などと言って謝り、すぐに引き返すと述べた。結局、部屋を観察したのは三分ほどの短時間だった。

ダシュワント家には、他にも使用人がいるが、会って話を聞くかとシャンティに水を向けられ、君江嬢は首を振った。

「見たいものはほぼ見たから、もういいわ」

彼女がそういう言い方をするときは、事件解決のメドがついていることが多いと察知した私は、「見通しがついたの？」と訊いてみた。

「まあ、大体ね……」

私は、自分が想像している推理を披露してみることにした。「さっき庭師に訊問していたときに、グプト夫人が夢遊病じゃないかというところに反応していたよね。真相はたぶん、夫人が夢遊状態で、自覚なく夫を突き落としたってことじゃないか？　そうだとすれば、心読みができるシャンティさんからみて、夫人に犯行の自覚がないのも説明がつく。何といっても、本人が犯行をした憶えがないのだから――」

「それは、あなたの推理？」

「そう。君が考えているのも、その推理じゃないかと思って――」

「うーん。いい線行っていると思うけれど、夢の解釈が少し違うかしら」

「夢の解釈が違う？」

「これは、夢理論としては、フロイトよりウスペンスキーを参照した方がいいわね。ちょうど今持ってる本、『新しい宇宙像』の夢の章、それが解決のヒントになる」

そう言って君江嬢は、“A NEW MODEL OF THE UNIVERSE”と題名の書かれた英語の本のページを私にひらいてみせた。

「そう、このあたり」

君江嬢が指差したあたりには、日本語に訳すと、以下のような内容が書かれていた。

このようにして観察した夢は、次第に明確なカテゴリーに分類されるようになった。それらのカテゴリーの一つには、私が幼い頃から生涯を通して時々見ることのあった絶えず繰り返される夢があった。

そんな夢のいくつかは、しつこく何度も繰り返して起こり、その奇妙さが私を恐れさせ、その中に隠された意味や予言や警告があるのではないかと思ったものだった。それらの夢には何らかの意味があり、私の人生の何事かと関わっているのではないかと思われたのである。

一般的に言って、夢についてのナイーブな考え方は常に、あらゆる夢、とりわけ繰り返し見る夢について、それが何らかの意味を持っているとか、未来を予言しているとか、性格の隠れた側面、肉体的特質や嗜好、隠された病的状態などを表しているのだと考えるところから生まれる。しかしすぐに確信したことだが、実際には繰り返し見る夢はいかなる意味でも私の性質や人生の出来事と結びついてはいなかった。その本当の性質について何の疑いも残さない明快で単純な説明が見つかったのである。(高橋弘泰訳)

私も以前にその本をざっと読んだことがあるが、あらためてそのあたりの箇所を再読してみた。そこでウスペンスキーが言おうとしているのは、夢解釈の一般的な傾向として、預言とか予知夢といった深遠な意味を見いだそうとする傾向に対して警告を発し、大部分の夢は日常生活の記憶の残滓《ざんし》から構成され、あるいは寝ているときの姿勢や身体状態に由来するものであるということである。

私は、その数ページにさっと目を通し、「これが一体、どう関係するのか?」と首をひねった。

＊

徒歩でグプト家に戻ってきた私たちは、門のそばに立っている警官に黙礼して、すぐ屋内に入った。

「また、スイカールさんに、確認のために、一つ聞きたいことがあるのだけど――」

君江嬢がそう言ったので、シャンティがスイカールを呼びにいった。

連れてこられたスイカールは、かしこまった様子で「何でしょう?」と英語で訊ねた。

「これは確認なんだけど、普段、グプト夫妻は英語で会話していたのよね?」

「はい。奥様はヒンディー語を解しませんし、旦那様は日本語がわかりませんから、お二人ともわかる言葉として、普段は英語で会話をなさっていました」

「グプト氏が転落する直前、あなたが耳にした夫人らしい叫び、どんな言葉だったか思い出せない?」

「言葉? 言葉といわれましても、そうはっきりとは――」

「マイ・ハズバンドとか、そういう英語は聞こえなかった?」

「ハズバンドですか？　そういわれれば、『……ズバン』とか『……ズボン』というような音は耳にしたような気がしますが、それがHUSBANDだったかどうかまではっきりしません……」

「わかったわ。ありがとう」君江嬢は満足そうに頷いた。

「もういいの？」

「あと、ショーコさんに一つ確認すれば、聞きたいことは終わりそう」

「そうなの？　もう見通しがついたの？」

「まあ、まずは彼女に聞いてから――」

君江嬢に先導されて、私たちは二階の寝室へと向かった。

ちょうどグプト夫人はベッドで横になっていたが、眠っているわけではなかったようだ。シャンティがベッドのそばに行って、彼女に話しかけると、ショーコは身を起こした。

「はい……何でしょう？」

少し朦朧とした様子で、なにやら眠たそうである。ベッド脇のテーブルに、錠剤をいれた小瓶が置かれているのが見えた。睡眠薬か何かでも飲んでいたのだろうか。

「おやすみのところにお邪魔して申し訳ありません――」

「いえ、かまいません」上体を起こして、軽く髪を直しながらショーコがこたえた。

「あと一つだけ、聞かせてください。事件があった日のことです」

「もう知っていることは全部お話したと思いますが――」

「夢のことです」

「夢？」

「その晩、どんな夢をごらんになっていたか、憶えておられませんか？」

「夢、ですか？　夢といえば、毎晩のように見てはいますが、起きると大体忘れてしまうもので……。あの日にどんな夢を見ていたかと言われましても……」

「さっき、下でスイカールさんに聞いてきました。あのとき、グプト氏が転落する直前、奥様の高い叫びのようなものを彼は聞いたと証言しています。そのような叫びをあげた記憶がありますか？」

「叫び声ですか？　よく憶えていません。あの日は何か悪夢のようなものを見て、それで、うなされて、叫んだのかもしれません」

「どんな悪夢ですか？」

「それは、よく憶えていませんが……」

「スイカールさんの証言によると、『ハズバンド』とかいう言葉が聞こえたそうですが……」

「『ハズバンド』？　夫ということですか？」

「はい」

ショーコは眉を顰めて腕を組んだ。「じゃあ、何か夫に関する夢を見ていたのかもしれませんね……。でも、はっきりとは思い出せません。最近は、日中に起こったことを夢で反復して見たりすることが多かったようには思いますが、それ以上は何とも……」

「そうですか。じゃあ結構です。大体わかりました」

一礼して、君江嬢は部屋を出ていった。彼女が退室したので、私とシャンティも彼女に付き従った。

「これで知りたいことは大体わかったわ」

「今ので？」と私が訊きかえす。

「そうよ」

今の短いショーコとの会話では、何も有用な情報を引き出せたようには見えない。内心で私は首をかしげた。

「それで、ショーコの、濡れ衣は晴らせるの？」

「ちょっと警察に説明するのには、手間のかかる手続きがいると思うけれど、たぶん大丈夫。彼女の無罪は説明できると思うわ」

「どうやって？」

「夢、がどのようなものか把握していれば、事件の真相を見いだすのは簡単よ。ごく常識的な事柄だもの」

「夢？　夢が事件のポイントなの？」

「そう。眼目というか中心よ。あなたにもさっき本を見せたでしょう」

「ウスペンスキーの本かい。さっと読み返したけれど、あれが今度の事件とどう係わっているのか……」私は左右にゆっくり首を振った。「ぼくには皆目見当がつかないよ」

「夢、というのは、いろんなレベルがある。中には宗教的な夢とか予知夢もあるけれど、大半の夢はたわいない、起きているときに経験したものの焼き直しだったりするでしょう?」

「うん、まあそうだね」

「そういうことが、さっき見せたウスペンスキーの本にも書いてあったでしょ」

「ああ、そういえばそうだね」

「じゃあ、ショーコさんが『夫!』と叫んだ夢ってどんな内容だったと思う? 今まで聞いたことで大体想像がつくんじゃない?」

「『夫!』というと、この家でリシャール氏と情事に及ぼうとしていたときに、夫のグプト氏が突然帰ってきたときのこと?」

「そう、それよ。ショーコさんは、そのときに強烈な体験をしている。間一髪で夫に、情事の現場を見られるところだった。そこでなんとか愛人のリシャール氏を逃している。ショーコさんが夢で『夫が来たわ!』とでも叫んだのは、そのときの経験が強く意識に刻み込まれていたから、夢でその経験を反復したと考えられるんじゃなくって?」

「そうだね」と私は頷いた。「その可能性はかなりある。でも、断定できるわけじゃないが」

「まあそうね。ところで、夫のグプト氏も、さっき近くのダシュワント家に行ったときに、夫人と似たような体験をしているわけでしょう。立場が逆になるけれど、不倫の現場に、帰ってきた夫と間一髪で鉢合わせしそうになったのは同じでしょう」

「とすると、その晩グプト氏も、夫人と同じ夢を見ていたとでも?」

「それは断言するには材料が乏しいけれど。でも、そういう経験をしていたグプト氏は、睡眠中に突然『夫が来た！』という女性の叫び声を聞かされたとしたら、どうかしら？　それは、三日前にグプト氏がダシュワント家で体験していたのと同じことでしょう？　ダシュワント家でも、夫人との情事の直前か最中に、ダシュワント氏が戻ってきたので、ダシュワント夫人が『夫が帰って来た！』と叫んだ。そのときグプト氏はあわてて、フランス窓から外に逃げた」

「……つまり、そのときの体験をグプト氏が反復したと？」

「そうね、大体真相はそういうことでしょう？　条件反射みたいなものね。グプト夫妻はそろって、最近、『夫が来た！』という危機を知らせる女性の声を体験しているわけよ。グプト氏はその声を聞いて、咄嗟に、ダシュワント家でしたのと同じ行動をとってしまった。つまり、フランス窓から外に飛びだした。しかし、ダシュワント家の寝室は一階にあって、窓からすぐ庭に出られるつくりだったけれども、こっちの家では、寝室は二階にあって、窓の外に出ると、一階までの高低差がある。それでグプト氏は墜落し、うち所が悪くて亡くなってしまった……という次第」

　その説明を聞かされて、私は唖然とした。隣りにいるシャンティも呆然とした様子で目を見開いている。

「褒められたことではないけれど、夫婦で浮気をしていたのはお互いさまだから、それは大して責められることではない。真相が以上のような状況だとすれば、夫人に犯意はなかったのは明らか。グプト氏の死は過失による事故のもので、夫人に責任はない。このことをよく説明すれば、警察もわかってもらえると思うけれど、どうかしら？」

しばらく沈黙していたシャンティが、重々しく頷いた。「た、たしかに。それが真相なら、ね」

「真相、でしょう。それとも、まだ疑問があって？」

「いえ」とシャンティは首を振った。「やはり君江さん、あなたは私が見込んだとおりの探偵さんね。たった数時間で見事にそこまで解きあかしてくれるなんて――」

シャンティは君江嬢の手をぎゅんと握った。「ありがとう。おかげで、友人の無実が証明できそう」

君江はにっこりと微笑んで、「なら今晩は、美味しいインド料理をふるまってもらいたいわ」と言った。


（参考文献：P・D・ウスペンスキー著『新しい宇宙像』（高橋弘泰訳）コスモス・ライブラリー）

池ふくろう事件

私が待ち合わせ場所の〈池ふくろう〉に着いたのは、約束きっかりの時刻、午後五時三十分だった。今日私がここに赴いてきたのは、大学のサークルの後輩である松本という男から誘いを受けたためである。

私の部屋に電話がかかってきたのは、五日ほど前の六月二十三日、月曜日の晩だった。受話器を取るなり、向こうから、ちょっと甲高い男の声が聞こえてきた。

「もしもし、常田さんですか。こちら、松本です——」

その声と名前を聞いても、私はしばらく相手のことを思い出せなかった。

「松本さん——?」

「憶えていませんか、ミステリ研の後輩の松本です」

そういわれてようやく私は思い出した。

大学時代、私は、ほぼ幽霊部員に等しかったが、一応ミステリ研究会なるものに所属していたことがある。

幽霊部員とはいっても、何度か飲み会やコンパの席には出席したことがあるから、サークルで何人かの友人や顔見知りはできた。松本というのは、その一人で、私の二年後輩にあたる人物だ。イベントや飲み会を企画するのをやたらに好む男で、あまり熱心な部員ではなかった私も、彼の強い誘いを受けてしばしば、何かの集まりに狩り出されたものである。

「まだミステリ研に属して活動しているの？」と私は訊ねた。

「ええ。今その部長をやっております」

「もう大学は、卒業している勘定になるんじゃなかったっけ？」

「一年留年してから大学院に進学して、サークルはいまだに現役会員ですよ」

松本は、陽気な声でそうこたえた。

しかし、私はもう大学を卒業して三年以上にもなる身だ。二年間、休学していた期間もあり、その時期以降はまったくサークルに顔を出さなくなっていた。復学して大学を卒業して以降も、母校のミステリ研を訪ねたことも、サークル員の誰かと連絡をとったこともない。要するに、大学を出て以降は、私はミステリ研との接触は途絶えていたのである。

その私に今頃何の用だろう、と訝しく思いながら、私は、

「何かぼくに御用でも――？」と訊ねた。

「常田さん、すごいですね、いつの間にかプロの作家になられていたんですね」

「おや」

後輩の松本が、私が公表した作品の存在を知っていたことに、私は少し驚いた。

ただ、私の場合、公表した作品があるといっても、まだ作家と名がつくほどの代物ではない。

確かにこれまで、私の書いた数篇の短編小説が、いくつかの小説雑誌に掲載されたことはあるが、それらが特に評判になったわけでもなければ、評論筋から高い評価を得たわけでもない。第一、私はまだ単行本を出したことがないのだから、自著がない身で作家を名乗れるはずはなかった。だから、無名に等しい私の文筆家としての仕事を、後輩の松本が知っていたことに、私は一驚を喫したのだ。

「どうしてそれを――?」

「やだなあ、そのくらい気がつきますよ。サークルの仲間だった人の小説が活字になっているんですから――」

「そ、そういうものなのかな――」

ちょっとどぎまぎしながら私はこたえた。

自分の書いたものがかつてサークル員だった仲間の目に留まっていたことが、ちょっと誇らしくもあり、恥ずかしくもあった。

「それで今日は――?」

「それなんですがね、常田先輩。うちのサークルが毎年夏休みにやっている〈夏合宿〉ってご存じでしょう?」

「あ、ああ」そう言われて私は頷いた。

確かに私は、ミステリ研が毎年八月頃に、どこか避暑地に宿を借りて、二泊三日の合宿を催すのを恒例としていることを知っていた。

しかし私は不熱心だった部員だったため、大学に在学した期間中、一度もその夏合宿なるものに参加したことはない。

「毎年合宿をやっているのは知っているが、それが何か？」

「今年のその夏合宿は、常田先輩にゲストとして参加していただけないかと思いまして――」

「ゲ、ゲスト？」ちょっと素っ頓狂な声を私はあげた。

「うちのサークルでは、夏合宿には、誰かプロの作家の方をゲストとして呼びたいと思って、毎年各方面をあたっているんです。三年前の合宿では、高沢のりこ先生をゲストに呼ぶことができたので、合宿としてはなかなか好評を得ることができました。ですが、去年、一昨年は作家の方を呼べませんでした。コネクションが少ないし、連絡のとれる作家さんの方でも、忙しい方が多くってなかなか来てもらえないのが実情なんです――」

「まあ、そうだろうね……」

「そこで今年は是非、常田先生においでいただきたいと思いまして――」

「ぼ、ぼくに⁉　でもぼくは、自著もないし、到底作家と呼べるようなものじゃ――」

「別にいいんです。本がなくても、小説を活字にした経験がおありならば――常田さんなら、うちのサークルのOBだし、部員たちにも身近で親しみがもてると思うんです」

「し、しかしなあ――」

「うちのサークル員は、プロの作家になることを志望しているのが、何人かいるんです。常田さんの方から、実地の経験をふまえて、そういった連中に助言なんかを与えてくれると嬉しいんですが――」

「おいおい、助言って言ったって、ぼくの方から言えるようなことなんて、なにもないぜ。まだ本さえ出していない駆け出しの身なんだから――」

「いいんです、それは。常田さんの、小説を活字にするまでの経緯や苦労をお聞かせねがえれば、それでいいんです」

「そんなことをいわれてもなあ――」

「もちろん常田さんはゲストですから、宿泊費や交通費をご負担にならなくてよろしいのです。そういった費用は、うちのサークルでもたせていただきますので――」

「し、しかし――」

「もちろん、今すぐご返事にならなくても結構です。ですが、この企画のこと、どうかお考えいただけませんか」

「そうだなあ」そういわれて私は少し考えた。「じゃあ二、三日、時間をくれるかな。ちょっと考えてみるよ」

「わかりました。ではまた三日ほどしましたらお電話いたしますので、よろしくお願いいたします」

そう言って松本は電話を切った。

私はちょっと困惑した気持ちで、溜め息をついた。

どうしてよいか決めかねていたので、私は、星野君江探偵に伺いを立ててみることにした。

私は、星野君江探偵事務所で助手を務めている身である。彼女の許可を得ないことには、三日間もの合宿に行くことなど到底できない。

彼女の住居でもある事務所に電話してみると、即座に彼女が出てきた。事件かと思って最初は勇み込んでいた彼女は、私が用件を話すと、途端につまらなさそうな声になって、「行きたいのなら行けばぁ～」となげやりな声で言う。「どうせこっちは、事件の依頼もなくて暇なんだし――」

とにかく、そうやって君江嬢から許可がおりたようなので、私は松本の誘いに応じることに決めた。

約束通り三日後に電話をかけてきた松本に、その旨を伝えると、彼は弾んだ、嬉しそうな声で、

「そうですか。よかった」と言う。

「まあぼくなんかでよければ――」

松本はそれはもう、と愛想のよい相槌をうち、続けて、その合宿の件で打ち合わせがしたいから、今週の土曜日の午後、会えないかと言う。そのときに、現役のミステリ研の部員が、松本の他に三人ほど来て、夏合宿のことを打ち合わせるという。

さほど忙しい身ではない私は、土曜の午後に池袋で待ち合わせようという松本の申し出をあっさり了承した。

＊

渋谷駅の待ち合わせ場所としては〈ハチ公〉前というのが有名だが、それに対抗するためか知らぬが、池袋駅でも十年ほど前に、駅近くの地下道に〈池ふくろう〉なる梟の銅像が建てられている。この銅像のある場所が、今や池袋駅近くの待ち合わせ場所の定番の一つとなっている。

大きな目をした梟の銅像は、池袋駅の地下街の、北東側への地上出口となる階段のすぐ下のところに立っている。地上から、その階段を下りてくるとすぐにその銅像に出くわすわけだが、そこからみて左手は地下鉄丸の内線、正面はＪＲ池袋駅の北口改札口へと続いている。右手には公衆トイレがあり、その横は百貨店のパルコの地下一階入口へと通じている。

この場所は、建造直後はさほどでもなかったが、今や待ち合わせ場所としてすっかり有名となり、渋谷の〈ハチ公〉ほどではないにしても、大勢の待ち合わせる人たちでいつもごった返している。その上、多くの通行人が行き交う地下街であるから、人の密集の度合いはかなりのものである。池袋は、東南アジアや中近東出身の外国人がかなり多くいる街なので、その場所を行き交う中にも、かなり多くの外国人の姿が見受けられる。

待ち合わせ時刻きっかりにその場所に着いた私は、その大勢の人ごみの中から、知った顔を探そうとしていたのであるが、松本の姿は見当たらない。

まだ来ていないのかな、と思ってきょろきょろしていると、向こうから、

「常田さん」と話しかけてきた者がいた。

振り向くと、大学時代、会った憶えのある顔である。それも、ミステリ研で会ったことのある人間だ。ちょっとずんぐりした体格で、黒縁の眼鏡をした男性である。しかし、どうしても名前が思い出せない。

「……ええと」

「お忘れですか。中島です」

とその男は言った。額に汗を流し、ちょっと青ざめた表情をしている。なにか疲れるようなことでもあったのだろうか。

「ああ、そうだ。中島くんだ。ちょっと名前をど忘れしていたよ。ごめん、ごめん」

「いえ、それは別にいいんですが……」

「君も今日、松本くんたちと待ち合わせ？」そう私は訊ねた。

「はい、そうなんですが、今日の待ち合わせって、午後五時じゃなかったんですか？」

「え？　ぼくは、五時半って聞いているけど……」

「あ、やっぱり五時半だったんですか。それで、まだ誰も来ていないんですね？」

「君は、五時からここで待ってたの？」

「ええ、まあ。てっきり、今日の待ち合わせは、この場所で、午後五時だと思い込んでいたものですから……」

「三十分も大変だったろう」

「いえまあ……。ただ、たぶんぼくの方がうっかりしてたんです。松本さんから電話があったとき、ちゃんとメモでもしておけばよかったんですが。飲み会でたらふく飲んで帰ってきたばかりの、頭がぼうーっとしていたときに、電話を受けて、結構うわの空で受け答えしたものですから……。だから、松本部長が言った、五時とか五時半っていう時刻も、ちゃんと聞かなかったんだと思うんです。それで、一応五時にここに来て、ずっと待ってたんですが、誰も来ないので、待ち合わせの時間はやはり五時半だったかなーっとか、まさか待ち合わせの日付まで間違えてはいないよなーっと不安になっていたところなんです。だから、常田さんを見つけて、ちょっとホッとしているところなんです」

「なるほど。ぼくも以前、約束時間を勘違いして、一時間以上も待ちぼうけした経験があるよ」

「そうですか……」

中島は、ホッとしたと言ったが、まだどこか釈然としないことがあるような雰囲気を漂わせている。眉をしかめ、ちょっと首をかしげたりして、何か悩みごとをかかえているようにも見受けられる。

どうしたのか私が質問しようかどうしようか迷っているときに、中島が、顔を上げて、「あ、松本先輩」と言ったので、私も振り向いた。

見ると、帽子をかぶり、パーカーを着た松本が二人の男性を引き連れて、こっちにやって来ている。

松本は、私に向かって手をあげ、

「どうも。常田さん。おひさしぶりです」と言った。

「今日はお誘いに預かりまして――」

「わざわざお呼びたてしちゃってすみません」

「いやいや」と私はこたえ、松本の横にいる初対面の人たちに向かって、「どうも。常田です。はじめまして」と挨拶した。

「こちらこそ。よろしく」と松本の横にいた二人が、応じた。

二人とも、カジュアルなキャンパスルック姿をしている。

松本は、自分の左手にいる彼らを指して、

「こっちのちょっと太めのやつは、久保田、二年生。こっちの背の低い方が、河野、一年生。どっちも理学部生で、ミステリ研の部員です」と紹介した。

「今日は、これで全員？」

そう私が訊くと、松本は頷いた。

「この五人で全員です――ちょっとそのへんの喫茶店にでも行きましょう」

*

松本が先導して私たちが入ったのは、〈ベル〉という名の、ちょっとエスニックな雰囲気の漂う喫茶店である。内装はアジア風の装いで、東洋風の音楽が流れている。国際色豊かな池袋らしく、その喫茶店も、東南アジア人らしい男性がウェイターを務めている。

「今日常田さんに来ていただいたのは」

席につくなり、松本は、持ってきた煙草に火をつけ、私の方を向いて語り始めた。

「電話ではちゃんとお伝えしていなかったので恐縮なんですが、その合宿での催しについて、常田さんにご協力いただけないかということなんです」

「合宿での催し?」

「はい」と松本は頷いた。「うちのミステリ研では、夏の合宿の際には、京大ミステリ研に対抗しているわけじゃないですが、犯人当ての競争というのをやっていて、部員が書いた短い犯人当て原稿を皆で読んで、犯人当てを競うっていうのをやるんです」

夏の合宿に参加した経験のない私は、合宿でそんな企画が例年催されていたことも知らなかった。

「それはどんな風にやるものなの?」と私は質問した。

「サークル員のうちの担当者が、問題篇と解決篇の二部から成る犯人当ての短い小説を書いて、合宿のときに、みんなの前でその問題篇の部分を作者が朗読して、サークル員皆で犯人当てを競うという趣向なんです」

「なるほど。いかにも、ミステリ研らしい企画だね」

「もちろん、そのテキストに使われる元の小説がアンフェアだったり、いんちきなものではいけないので、部長たち数名のスタッフが事前にその内容をチェックすることにしております。

ですが、今年は、困ったことに、その原稿を書いてくれるサークル員が一人も見つからないのです。それで、大変あつかましいお願いとは思いますが、その犯人当て小説を、常田さんに書いていただけないかと思いまして――」

「えーっ」と私は思わず大きな声を上げた。

「部長、それはちょっと行き過ぎなんじゃないですか？」

松本の隣りに坐っていた、久保田という男が言った。げじげじ眉に、にきび面をした、恰幅のよい男である。

「一応こちらも仕事ある身だし……。なかなか、そういう、無償のサークル用原稿っていうのは――」

「駄目ですか？」未練がましそうに、松本は言う。「小額のお礼でしたら、用意させていただいてもいいいんですが――」

「いや、しかし、謝礼があればいいってものでもなくってさ――」

「ううん、困ったなあ」椅子の背にもたれかかりながら、松本は上方を仰いで言った。「合宿で犯人当てがなくなると、目玉企画がなくなっちゃうなあ――」

「合宿に参加するのは構わないが、申し訳ないが、その企画のための原稿を書くっていうは、勘弁してもらいたいな――」

「じゃあ」なにかよい代案を思いついたように、松本は、前方に身を起こしながら言った。「日常の、身の回りに起こった、不思議な出来事ってありませんかね？」

「身の回りに起こった、不思議な出来事？」と私は訊きかえした。

「ええ。以前、犯人当てのかわりに、そういう企画をやったことがあるんです。それは、犯人当て小説とは違って、自分の体験した不可解な出来事をもとにしていますから、正解があるわけじゃないんですが、皆でわいわいと、その事件の真相をああでもない、こうでもないと推理しあって、結構楽しかった憶えがあります」

　最初は松本の言っていることがよくわからなかったが、話を聞いているうちに、思い当たるところがあった。

「わかった。以前、東京創元社で本としてまとめられた、〈五十円玉二十枚の謎〉みたいなやつだろう」

「そう、そのとおりです」我が意を得たりとばかりに松本は、満面の笑みを泛べて頷いた。

〈五十円玉二十枚の謎〉というのは、東京創元社から刊行されたアンソロジーで、作家の若竹七海さんが以前書店でアルバイトをしていたときに遭遇した、不可解な体験の謎を、推理作家やアマチュアの投稿者がそれぞれに推理していくという、異色の推理競作集である。若竹さんの不可解な体験というのは、彼女が働いていた書店に、毎週土曜の夕方になるときまって、五十円玉二十枚をもった中年の男性が現れて、それをレジにいる彼女に、千円札と両替してくれるように頼むという謎である。一回二回ならまだしも、それが毎週延々と続くので、若竹さんは不審に思っていたそうだが、その男に理由を訊ねることはなく、その書店のバイトをやめてしまい、真相は謎のまま残されたというわけである。

「あの〈五十円玉二十枚の謎〉の本は、面白かったですよね」と横から久保田が言った。「ちょっと楽屋落ちっぽいのが多かった気もするけれど」

「ああ」と頷いてから、松本は私の方を見て、「ぼくたちの合宿でやったのは、あの謎のように、ほんのちょっとしたことでもいいから、自分の身に起こった不可解な謎を誰かに提出してもらって、その謎について、あれこれ推理や想像をめぐらせて、謎解きを競い合う、というものです。犯人当てのときと同様、最優秀の回答者に景品が授与されることになっていますが、犯人当てのように、唯一の正解があるわけではありませんから、一番面白い回答を出したものに最優秀賞が与えられる、というわけです」

「なるほどね。大体しくみはわかったよ」と私は頷いた。「今まで、どんな謎が出されたことがあるの？」

「そうですねえ。たとえば、自分の住んでいるマンションの、一階下に引っ越してきた住人が、ずっと表札を出さないのは何故か、とか、知らない間に、服の後ろにつけられていた赤い手形は、何故つけられたのか、とか、そういった謎を推理したことがあります」

「ふうん。表札を出さない、とか、赤い手形の謎ね。〈五十円玉二十枚の謎〉ほどの不可解さはないかもしれないが、それなりに面白い題材だよね」

「ええ。そのとき集まった回答にも、思わず吹き出したくなるほど珍妙な回答から、なるほどと膝を打ちたくなるほど合理的なものまで、実にさまざまな回答例がありました」

「ええ、本当に面白かったです」と横の久保田も相槌を打つ。

「それで、常田さんも、もし、何か、そういう面白い謎のご経験がおありでしたら、その企画用に提出していただけないかと――」

「うぅーん。しかし、そう言われても、今すぐこれと思い当たるようなことは何も……」

腕を組んで、私がそう言いかけたとき、この喫茶店に来てから、今まで一言も口を利かなかった中島が、おずおずとした口調で、

「あの……」と言った。

「何だ?」松本が、向かいの中島を睨みつけながら言う。

「その、不可解な経験ということでしたら、まさに今しがた、ぼく、ちょっと首を傾げたくなるような、奇妙な出来事に遭遇したんです。どう考えても、合理的に説明がつきそうにない……」

「何だ?」尊大な命令口調で松本は言った。「言ってみろ」

「よろしいですか?」周囲の人をためらいがちに見回しながら、中島は控えめな口調で訊ねた。

「構わん。俺が許す。言ってみろ」

「はい……」頷いて中島は、決心したように、語り始めた。「常田さんには、さきほども申し上げたことなんですが、ぼく、今日の待ち合わせ時刻を、五時半でなく、五時と勘違いしてまして……」

「何だと。おまえ、俺の言ったことをちゃんと聞いていなかったのか?」

「ああ、いえ……。単に、ぼくが、うっかり聞き落としをしていたか、聞き間違えただけだと

思うんですが……」

「まあいい。話を進めろ」

「はい。じつはぼく、池袋には、五時よりもずっと早い時刻に着いてしまったんです。しばらく本屋などで立ち読みをして時間を潰していたんですが、四時四十五分くらいの時刻になって、もう五時近いし、ちょっとくらい早めでもいいや、と思って、その時間にもう池ふくろうの待ち合わせ場所に来たんです。そのときちょっと尿意を催したぼくは、池ふくろう横にある公衆トイレに入りました。そのときの時間は、時計を見たから憶えているのですが、きっかり四時五十分でした。小用を足そうとしていたのですが、そのときあいにく中は利用者でいっぱいで、どの小便用便器も塞がっていて、並んで待っている人が大勢いました」

「ちょっと待て。なんでそんなにトイレの話を長々と語るんだ?」

「いえ、それが本題なんです。

小便用便器が空くのを待っている男性は、ぼくの前に十人くらいいまして、ぼくはその後ろに並んで、自分の順番がくるのを待っていました。一人また一人と便器が空く度に、待っていた人は、前から順に空いた便器へとむかっていきます。

言い遅れましたが、あそこのトイレは、入口からはいって奥の壁に四つと、右手側に四つの小便用便器があって、左手には大便用の個室が三つあります。

ぼくは、ほんの数分待った末に、その右手側の便器で用を足すことができたわけですが——

そのとき、ちょっと妙なことに気づいたんです」

「妙なことに気づいた?」

「はい。ぼくが列の後ろに並んで便器が空くのを待っていた間、結構尿意が切迫していたせいもあって、早く空かないか、まだ空かないかといらいらしていたんです。八つある便器の、こっちは空いた、あっちはまだ空かない、こっちの男は随分長いな、次に空くのはどちらかな、とそんな風に八つある便器の人の出入りを観察していたんです。そのうちぼくは、その中の一人の便器占拠時間が妙に長いな、と気づいたんです。奥に四つある便器の、左から二番目の便器の前に立っている、半袖ワイシャツの学生服姿をした中学生らしい少年が、ずっとそこを占拠したまま動かないんです」

「ずっと動かない?」

「はい。ぼくが十人ほどの列に並んでいる間——時間にしておよそ、三、四分というところでしょうか——人の入れ代わりがなかったのは、そこの便器だけでした。それだけなら、まだ少し長い小便をしているやつがいる、というくらいで、それほど不思議にも思わなかったでしょうが、ぼくの番がようやくまわってきて、やれやれと結構長い用足しを終えてからふと見ると、その中学生はまだその便器を占拠しているのです。これはいくらなんでも長すぎるんじゃないか、とちょっと不審に思ったんです」

「ふうん。それがおまえの言う妙な経験ってやつか。しかし、人並み外れた長ションをするやつがいるってだけで……」

「まだ話は終わってないんです」松本の言葉を遮って中島は言った。「それだけのことなら、まあちょっと変だ、くらいで済まされるかもしれませんが、その後便所を出たぼくは、待ち合わせている皆さんが来ないのでずっと池ふくろう近辺でぶらぶらしていました。そのうちに、今度は大きい方の便意を催して、またそのトイレに入ったとき――」

「つくづくシモな話だな」

「……すみません。とにかく、そのトイレにまた入ったとき、ぎょっとしたことには、その中学生は、まだ同じ場所にいたんです。同じ小便器の前に立って、小便をする姿勢をとったままでいるんです。ええっ⁉　とぼくは思いました。だってそうでしょう？　ぼくが二度目にそのトイレに入ったのは、時間にしておよそ五時二十分くらいでした。いくら何でも、小用を終えるのに、三十分もかかるなんてことは、ありえないでしょう。おかしいとは、思いませんか？」

「そりゃたしかに、変だよな」

「もしかして、この人って、延々と小便を垂れ流し続ける特異体質の人なのかな？　と思ってぼくは、その人の背中に近づいて、後ろから様子を窺うべく覗き込みました。まだ、小便が続いているのか、確かめるためです。しかし、少し開いた足の間から垣間見えた便器には、小便の流れはありません。案の定、その中学生は、小便を出し続けていたわけではないのです。それなのに、彼は、その便器の前に張りついて、離れようとはしないのです。

　ぼくが、大便用の個室で用を済ませて出てきたときも、やはりその中学生はいました。そのときは、一回目にぼくが来たときと違って、便所の中はすいていましたから、空くのを待っている人はいませんでした。しかし、あまりぼくがまじまじとその中で立ちつくしているのも変ですから、おかしいと思いつつ、ぼくはその場を立ち去りました」

「――なるほど」ひと呼吸おいて、松本部長は言った。「それはたしかに不可解な謎だ。夏の合宿の企画に使えるかもしれない」

「でしょう?」中島は、ちょっと身を乗り出し、勢いこんで言った。「その後、池ふくろうで皆さんが来るのを待っている間、ぼくはそのトイレの入口の近くに立ち、その中学生が出てこないかとさりげなく見張っていました。しかし、いくら待っても、その中学生は出てきません。好奇心を抑えきれなくなってぼくは、もう一度、皆さんが待ち合わせ場所に現れる直前の午後五時半頃、再びそのトイレの中に入りました。そうしたら、そのときもまだ、その中学生は、同じ便器の前にいました。要するに、ぼくが確認しただけで、四十分以上もの時間にわたって、その中学生は、その便器の前に立っていたことになるわけです」

「それで」と私は言った。「私が待ち合わせ場所に現れたとき、君は、何か変なものでも見たような表情をしていたのか」

「ええ、そうなんです」と中島は頷いた。「常田さんがおいでになったときも、そのことが頭にひっかかって離れなかったんです――」

「ふうん。じゃあその謎について、推理を働かせる前に、まず状況を確認させてもらおうか」と松本。「場所と時間は、今の話で大体わかったが――その中学生っていうのは、どんな風貌の人物だ?」

「ええと、さっきも言ったように半袖ワイシャツに黒いズボンという、典型的な学生服姿で、眼鏡をかけていました。身長は一四五センチくらいで、顔つきもまだ幼そうでしたから、高校生ではないと思いました。その便器の上の段になっているところに、置かれていた黒い鞄は、彼が学校に持っていっているものだと思います。妙に怯えたような表情をしていて、時々不安そうに後ろを振り返ったりしていました」

「おまえに見られているせいで、不安がっていたのか？」

「さあ、それもあるかもわかりません。二度目にそのトイレに入ったとき、ぼくがじっと後ろから睨んでいると、彼もぼくの存在に気づいたみたいで、不安そうにときどきちらちらと背後のぼくに視線を投げかけたりしていました。無論、身体は便器の方を向いたままですが」

「そのとき、大便用の個室は空いていたんですか？」と久保田が質問を発した。

「どうしてそんなことを訊く？」と松本が久保田に訊きかえす。

「いえ、その中学生が、ずっと小便用の便器の前に立っていたのは、大便用の個室が空くのをずっとそこで待っていたからじゃないか——そんな可能性が思い浮かんだからです」

「ええと、たしかぼくが最初にそのトイレに入ったときは」中島は、記憶を確認するためか、ゆっくりとした口調で言う。「そのときは、満杯で、大便用の方も人が並んでいました。ですが、二度目と、三度目にあのトイレに入ったときは、大便用個室は空いていました——だから、その説は成り立たないと思います」

「そりゃそうだよな」松本が、煙草の煙をくゆらせながら言った。「それに、たとえ最初のときに大便用の個室が塞がっていたとしても——四十分という時間は長すぎる。そんなに経たないうちに、大便用の個室は空いたはずだ」

「そうですね」と久保田はあっさりは認めた。「これはおかしいですよね」

「誰か他に、説のある者はいないか？」松本が、一同を順ぐりに見回しながら言った。

「あのーっ」ちょっと控え目な口調で、一番年下の河野が言った。「そのトイレって、中から、外の様子は見わたせるんですか？」

「いや、それは――」

と中島が答えかけるのを松本部長は遮って、

「もし外の様子が見わたせるとしたら、どうなんだ？」と問いかけた。

その問いに河野は、ちょっと息を吸い込んでから、こたえた。

「あの〈池ふくろう〉っていうのは、待ち合わせの名所ですよね。とすると、その中学生がそこにずっといたのは、その待ち合わせ場所に来ているか、来ると思われる人間を見張っていたんじゃないかと――」

「見張り？」

「ええ」と河野は頷いた。「トイレって、たとえ外から中が見えても、普通、トイレの中を覗き込もうとしたりしないでしょう。だから、待ち合わせ場所に面したところにあるそのトイレっていうのは、相手に気づかれることなく、見張りをするには、うってつけの場所だと思うんです――」

「なるほど。〈見られずして見たい〉という、サルトル的な欲求を満たすには恰好の場所ってわけだ。しかし、たしかあのトイレは、中から外は見えなかったよなぁー」

「ええ」と中島が頷いた。「あのトイレは、外に衝立のようなものが置かれていて、視界が遮られています。中から外は見えませんし、外から中も覗けません。それに、あの中学生は奥の壁に張りついて立っているわけですから、いくら首をまわしても、入口までは見えないはずです」

「とすると、この説も駄目ですね――。でも、見張りでなかったとしたら、何者かに追われていたり、狙われたりしているので、ずっと外に出られないでいる、という可能性はありませんか？」

「なるほど。そのために、ずっと便所の中にひそんでいた、というわけか」松本は、ゆっくりと煙を吐き出しながら言った。「追う人間が、男子トイレには入って来られない人間――つまり、女性だとすると、そこに隠れる理由にはなるわな」

「でも、それもちょっとおかしいと思うんです」と中島がこたえた。「外に出られず、トイレの中に隠れなければならないとしても、ずっと小便器の前にいなければならないというのはおかしくありませんか？　外の人間をおそれているのだとしたら、もっと、時々入口から様子を窺うとか、動きがあっていいと思うんです」

「ううむ、まあそうだな」

「でも、割にいい線いってますよ、その説は」と河野が言う。「その意見を聞いてなにやら、その中学生の不審な行動に、犯罪の匂いが感じられてきました」

「犯罪の匂い？」

「ええ。それだけ不可解な行動をするからには、なにか犯罪なり隠蔽工作があっておかしくないじゃないですか。たとえば、その中学生は、殺人を犯して、ワイシャツの前側は、返り血でべっとりと濡れている。だから、どうしても、壁に腹側を向けたまま動けずにいる、とか」

「でも、前側に血がついていたりしたら、隣りの便器で用を足す人の目につくおそれがあるよ」と中島が反論の声をあげた。「第一、服についた血を隠すためにトイレに駆け込んだとしたら、小便用のところではなく、大便用の個室の方に駆け込むでしょう」

「たしかにな」と松本が同意する。

「じゃあ、服ではなくて、その便器自体に隠さなければならないものがあるとしたら、どうでしょう？」と河野が言う。

「便器に？」

「ええ。その便器には、犯罪の痕跡となる血痕か何かが付着して、彼はそれを人に見られるのをおそれた、とか――」

「それもないだろう」と中島が言う。「彼の後ろについて、いろんな角度から、様子を窺ったもの。便器に血なんかが付着していたら、絶対に気づいたはずだよ」

「じゃあ、この説も駄目ですか」がっかりしたように、河野が言った。

「他に何か考えのあるやつはいないか？」

「松本部長は、どうなんです？」と久保田が言った。

「俺？　俺か？　そうだなぁーっ。ううむ」

名指しを受けた松本は、腕を組んでしばし黙考した後、

「あのトイレって、他の駅構内のトイレと同じく、いわゆるエッチな、アダルトビデオだとか、ファッションヘルスだかの広告のちらしがべたべたと貼りつけられているだろう？　どうだ、中島？」

「そ、そうですね。たしかにあのトイレの中は、結構、そういうちらしが貼られていました――」

「その便器の前にいたやつは、小便をするふりをして、そのちらしをじっと見つめていたんじゃないか？　そこに書かれている内容を暗記しようとして――」

「だとすると、随分色ボケしたませたガキですね」と久保田が応ずる。

「だったら、どうしてそのちらしを持って帰ろうとしないんです？」と私が質問した。「あんなの、剥がして簡単に持ち帰れるじゃないですか」

「いや、そこが中学生の辛いところで、学校でも家庭でも、荷物検査が待ち受けているだろう。鞄の中に、猥褻なちらしでも忍ばせていようものなら、大目玉をくらうのは間違いない。しかし、その中学生は、その猥褻なちらしの内容に興味津々だった。だから、そのちらしに書かれている連絡先だか入手方法だかの情報を必死で丸暗記しようとしていた――」

「しかし、だとしても、暗記するのに四十分もかかりますかね？」と久保田が疑問を呈した。

「電話番号の一つ二つ、暗記するくらいなら、ものの五分ほどで済みませんか？」

「いや、そいつはあまり記憶力のよくない奴で――もしかしたら、いくつもある電話番号を片っ

端から暗記しようとしていたのかもしれない」

「そのために、ずっとその便器の前に立っていたというんですか?」と河野が反駁の声をあげた。「そんなの、いくらなんでも、おかしいですよ。荷物検査でちらしが発見されるのを恐れていたとしても、トイレにある欲しいちらしを引っぱがして、どこか別の静かなところで、自分のノートなり手帳に必要な情報を書き写してしまえばすむことでしょう? そうすれば、荷物検査があったところで恐れる必要はなくなるでしょう」

「たしかにな」と言って松本は、煙草の灰を落とした。「俺もこの説を、本気で信じていたわけじゃない。ただ、仮説として、それくらいしか、思いつくものがなかったから、口にしたまでなんだ」

そう言ってから、松本は私の方に目を向けた。

「常田さん――あなたはどうなんです?」

「え? 私?」

「そう。常田さん。あなたは、一応プロの推理作家でいらっしゃる。何かこの謎に対して、推理のようなものはおもちでないいんですか?」

「ううん、そういわれてもなあ――」眉をしかめて、私は腕を組んだ。「全然見当もつかないなあ。なんで、そんなところに四十分以上も立っていたかなんて――」

そのとき私は、自分が助手を務めている星野君江探偵のことを思い出していた。

そうだ。

推理力鋭敏なる彼女なら、この事件にも、なにか素晴らしい解決案をもたらしてくれるかもしれない。

「ちょっと待っていてくれないか――」

そう断って私は席をたち、入口近くにあった電話機のところに行って、星野探偵事務所のダイヤルを押した。

「はい、星野探偵事務所ですが――」

すぐに、君江嬢の澄んだ声がかえってきた。

「ぼくだよ、ぼく」

「あら、あなたなの？　今日は、ミステリ研の友人たちと会っているんじゃなかったの？　それとも、なにか事件でも起きたの？」

「いや、事件ってわけでもないんだが、ちょっと不可解なことが起こってさ――」

そう前置きしてから私は、今しがた中島から聞いた話を遂一彼女に話して聞かせた。

その謎に対してサークル員たちが呈示した仮説や推測のところを喋りかけたあたりで、向こうから、

「ちょっと！」という不機嫌そうな声がかえってきた。「一体どういうつもり!?　事件が起きたってわけでもないのに、あたしに、そんな話を長々と聞かせるなんて――」

「いや、だからさ、この不可解な行動の謎について、星野探偵の推理を是非お聞かせ願いたいと思ってさ――」

「そんな一文の得にもならないことで、電話なんかよこさないでちょうだい！」

「い、いや、だからその――」

君江嬢の物凄い剣幕に押されて、私はたじたじとなってしまった。

「もう金輪際、そんなつまらない用件で電話してくるのはやめてね！」

「で、でも、だから、この謎の真相が知りたいと思ってさ……」

「だったら、まずは、その現場に赴いて調べればいいじゃない。現場を洗え、は捜査の鉄則でしょう。それに、まだその中学生さん、そのトイレにいるかもよ。もう切るわよ。じゃあ！」

ガチャッという音をたてて、電話は切れてしまった。

しかし、その直前に彼女が言った、現場を調べろ、という言葉が啓示のように私の心を照らしていた。

――そうか！　現場をまず調べればいいんだ！

どういうわけかそのときの私には、それが、大変な名案に思えていた。

席に戻ってきた私に、松本部長は顔を上げ、

「どうでした？」と訊いてくる。

「行こう、もう一度、その現場に」私は口早に言った。「たしかめに行くんだ。その中学生は、まだそこにいるかもしれない」

「それもそうですね。見に行ってみるのが一番かもしれません――そうだろう？」

松本がそう言うと、他の三人も頷いた。

私たち五人は、喫茶〈ベル〉を出て、もと来た道を引き返し、〈池ふくろう〉へと戻って来た。

そして、五人そろって、問題のトイレへと入ってみると――

いた!

たしかに、中島が語ったとおりの容貌をした中学生らしい少年が、今も背を入口側に向け、小便器の前にたたずんでいる。

時刻は既に六時半に近い。

中島が最初に目撃した時間から算えても、一時間半以上にもわたって、彼はその便器の前にいたことになる。もちろん、中島が確認していない間、彼がずっとそこにいたとは必ずしも断定できないが、全体の状況から鑑みれば、彼がその場を離れていた可能性は低そうに思われる。

「きいてみるか?」

松本部長の促しに、中島は大きく頷いた。

「あの……もしもし……」

中島は、ゆっくり近づいて、その中学生に、話しかけた。

「失礼ですが、あなたは、どうして、ここに、ずっと……?」

「助けてください」顫《ふる》え気味の声で、その中学生は言った。

「助ける?」

「いじめを受けているんです……」

か細い声で、少年は哀れっぽく言った。

「いじめ？」
「ぼくの……そこのズボン……強力接着剤で、便器にくっつけられちゃって……どうやっても剝がれなくなっているんです……どうか助けて下さい……」

―追記―

この小説で扱った出来事は、一九九四年年頃に作者が池ふくろう近くのトイレで実際に体験したことをもとにしています。解決案は作者の想像ですが、どなたかよりよい解決案をおもちの方、あるいはこの謎の真相をご存じの方がいらしたら、作者までご一報いただけると幸いです。

一九八五年の言霊

一九八六年四月のある日——桜の咲いている並木道を、食料の入ったビニール袋を片手に、星野君江は、口笛混じりに軽い足取りで歩んでいた。大学の構内に入った彼女は、勝手知ったる四階建ての学棟に入り、階段を上っていった。かすれた表札に「院生控室」と文字が読める部屋の把手を持ち、君江は無造作にその扉を押し開けた。

「こんちわっーす」

君江が顔を覗かせたとき、白衣を着た神津真理《かみづまり》は、額に汗を浮かべながら、部屋の隅のコピー機の蓋を開け、なにやら悪戦苦闘している様子でいた。

「神津先輩ー」

大声でそう呼ばれて、真理はようやく気づいて振り向いた。黒縁の眼鏡を掛け直して、真理はやっと君江の姿を認知した。黒インクで汚れた手で顔を拭ったために、真理の頬に黒い筋ができていた。

「君江ちゃん」

「先輩、また、紙詰まらせちゃったんですか?」

「この機械が不調なのよ」

「先輩の扱いがまずいんです」

君江は、テーブルの上に食料の詰まったビニール袋を置くと、つかつかとコピー機の方に歩み寄った。そして中を観察してすぐに問題点を看取し、

「ここですよ、ここ」と言って、詰まっていた紙を抜き取った。

機械の蓋を閉めて、上方のスタートボタンを押してみると、ウィーンという軽い唸り音とともに、コピー機は何事もなかったように紙を吐きだし始めた。

「君江ちゃん、扱い慣れてるわねー」真理が感心したように言う。

「先輩が扱い下手すぎるんです」それから君江は、持ってきたビニール袋を指し示した。「あれ、差し入れです」

「ありがとう。助かる」

「先輩の好きな柿ピーも入れときました」

「サンクス。いまコーヒーでも入れるね」

そう言って真理は、冷蔵庫の上に置いてあったコーヒーメーカーのサーバーを持ち、そばにあったカップに黒い液体を注いだ。

君江は、コーヒーの注がれたカップを受け取り、ひと口飲んでから、あらためて室内を見回し、

「しっかし、この部屋、相変わらずですねー」と言った。

神津の助手室は、部屋の中央部に置かれた仕切りで二分され、入って左半分は、テーブルと

コンピュータ、コピー機が置かれ、壁にはめこまれた本棚には膨大な学術書や資料類が並べられ、いかにも研究者の部屋らしい外観を呈している。ところが右半分は、中央部に大きな木製のテーブルとソファが置かれ、壁にはべたべたと、女性アイドルやタレントの写真が貼られている上に、カラーボックスには乱雑に漫画本や雑誌が置かれている。

「仕方ないでしょ。院生の溜まり場になってるんだから——手狭なのに、他に院生の部屋がないのよー」

「でも、これは先輩の趣味でしょう。この阪神の」

と言って君江が指差したのは、壁にでかでかと貼られた、阪神タイガースの球団旗と、「祝・優勝」と書かれた、大きなステッカーシールだ。その横には、阪神タイガースのテレホンカードや名選手の生写真が貼られ、テーブル横のラックケースには、阪神応援用の黄色いメガホンとハッピまで置かれている。

「この阪神関連のは、先輩のものでしょ」

「そりゃあまあね」真理は、自分でカップに注いだコーヒーを啜りながら頷いた。

「先輩の阪神好きも病膏肓《こうこう》ですねー。でも、このステッカー、《八六年も優勝だ》なんて、およそありえなさそうなことまで書いてありますね」

それを聴いて神津真理は、不服そうに口を尖らせた。

「なに言ってるの。今年もわれらが阪神タイガースが連続優勝する予定よ。二連覇して日本シリーズも優勝して、昭和六〇年代には、Ｖ９の巨人に負けない黄金時代を阪神が築くのよ」

「そんなの、無理、無理。大体阪神みたいな戦力不足の球団が、優勝できたなんて、滅多にない幸運にめぐまれたためでしょう。去年みたいな、運気の巡り合わせの良いときなんて、そうそうあるものじゃないんですから」

「運じゃなくて実力。バースに岡田、掛布に真弓――三割三十本塁打以上の選手が四人もいるのよ」

真理は「バース」という言葉を発したときに、うっとりとした表情を示した。「バース……あの打撃は芸術、いやそれを越えて神の域よ。どんな球も逃がさないあのゾーンの広さと確実性。あんな打撃のできるバッターは、空前にして絶後よ。プロ野球を十年見つづけたこの真理様が言うのだから間違いない」

「はいはい」

「それに一つのチームに、これだけ強打者が揃ったのって、長いプロ野球の歴史でも例がないことなのよ。今の阪神の打線って、現在の十二球団で最強っていうだけでなく、プロ野球半世紀の歴史の中でも、もしかしたら最強かもよ。しかもどの選手もまだ、若い――三十五歳を越えてる人なんてその中にいないのよ。だから、阪神の新ダイナマイト打線は、まだまだ続くわよ」

「万全に見える戦力って言っても、実は脆《もろ》いものですよ。ほんのちょっとしたことで、積み上げた山なんて簡単に崩れてしまう」

「なによ、随分否定的ね。これは私だけの意見じゃないよ。美浜《みはま》君も、信敏《のぶとし》君も同意見なのよ」

「そんな、阪神ファンの意見ばかりじゃ、何の参考にもなりませんって」

「じゃあこれを見なさい」と言って真理は、新聞の切り抜き記事を示した。「シーズン開幕前の朝日新聞のスポーツ欄よ。『今年もトラがフィーバー⁉』って見出しでしょう。阪神打線の主力は欠けてないし、少しも衰えていない。だから、今年もセ・リーグ優勝候補の最有力は阪神だって、そう書いてあるわよ」

「こういう予測って、結局前年の実績をもとにするわけだから……一年前の開幕時の予想はどうだったかしら？　阪神の優勝を予測した新聞記事なんてありましたっけ？」

「そりゃあ皆無だったわね」

「だったら開幕前の予想がいかに当てにならないかってわかるでしょう」

「プロ野球評論家でも、去年のシーズン前に阪神優勝を予想したのってほとんどいなかったわね。毎年阪神優勝を唱える応援団的な人を除けば……。失礼なことに、ある雑誌なんか、去年の春に『今世紀中は──つまりむこう十七年間は──阪神は優勝できない』なんて特集を組んでたのよ。予測が外れてざまあ見ろって感じだわ」

「だから、そういう予想なんて、みな過去のデータに基づく、後ろ向きなものでしかないから……。その雑誌の予想の外れた記事、一年遅れて今年の特集にしておけば、見事的中になれたかもしれないのにね」

「さっきから随分、冷水を浴びせかけてくれるわね」むっとしたように真理は唇をぎゅっと突き出した。「どうしてそうも自信満々に、阪神が今年は優勝できないなんて言えるのよ？」

「だって、去年は言霊《ことだま》の後押しがあっての優勝でしょう。今年はそれがないもの」

「言霊?」一瞬きょとんとした表情をした真理は、まじまじと君江の顔を見つめ、「そう言えば、君江ちゃんはオカルト現象実在論者だったわねえ。言霊なんて現象が起こるというのも信じてるわけ?」

「私が認めるのは、合論理的なオカルトだけですよ。UFOやら幽霊やら、非合理的なものまでごちゃ混ぜにされると困りますけど」

「で、その言霊で阪神がどうやって優勝したっていうのよ。まさか阪神ファンの応援の声で、阪神の優勝が実現したっていうわけじゃないでしょう。そんな応援なら毎年やっているし、他のチームだってやっているわけなんだから」

「それは違います。そんなのは、言霊のあまりに単純素朴すぎる捉え方なんですって」

「言霊ってあれでしょう。言葉で言ったことが実際に実現するという」

「そのとおりですけど、もう少し精密に捉えないと駄目です。言ったことがそのまま実現する——世の中、そんな単純なものじゃないって誰でもわかることです」

「じゃあ、その精密な捉え方っていうのを聞かせてもらいましょう。言霊がどう、去年の阪神の優勝にかかわったというの? ナポレオン・ヒル式に、『思いは必ず実現する』とか『念じれば必ず成功する』ってわけ?」

「そのナポレオン・ヒルの成功哲学っていうのも、部分的に正しいところもあります。でもあれだけでは全体的な真実とは言えない。簡単な例を考えてみれば、ヒルの考え方だけでは通用しないのがわかるでしょう。人前であがるタイプの人間が、大勢の人の前に出る前に『あがらない、あがらない』って自分に言い聞かせ続けたらどうなると思います？」

「その呪文の効果が効いて、あがらずにすむようになる……ってことはまずなさそうね。そんなことずっと自分に言い聞かせてたら、かえってあがってしまうわよ」

「でしょう」我が意を得たりという風に、君江はうんうんと頷いた。「これも言霊の基礎をなす、無意識の法則からすれば、当然のこと。言葉を繰り返すことで、無意識にイメージや想念を定着させることはできる。でも、大事なのは、無意識にしみ込ませる言葉では、否定詞は無効ってこと。『あがらない、あがらない』と自分に言い聞かせたところで、無意識に浸透する言葉は『あがる、あがる』と同値になるのよ。だから、『あがらない、あがらない』という言い聞かせは、『あがる、あがる』という言い聞かせと同じ効果をもたらすわけで、結局その人があがるのを防ぐどころか促進してしまうのね。


実体験で思いつく別の例があるわ。学校のクラスメートで、演劇をするときに、自分がトチらないように言い聞かせていたのがいたけど、これも逆効果で、かえって、本番ではいつもよりトチることになってしまったわ」

「なるほど。その理屈はわかるわね。でも、それなら、ヒル式に、『自分は成功する』とか『やればできる』と、否定詞を用いないで自分に言い聞かせれば、うまくいくことになるんじゃないの」

「それは一理ありますが、まだ、その把握では不充分で粗雑です。もちろん、ヒルのやりかたでうまくいく場合だってあるでしょう。ただし、本当に自分が成功した姿をありありとイメージして、それと完全に一体化できるほど信じきることができた場合はね。でも、普通は、そうはいかない。『何かをしたい』という願望を表明するときには、その前提として、自分がその望む対象と切り離されていることが普通は前提となっているわけでしょう。だから、その願望を言葉にして唱えたところで、自分がその願望から離れた存在であるという、無意識の確信を強めることにしかならないわけで——だから、多くの場合、言った事柄が、ヒルの言葉通り実現することは少ないわけよ」

「でもそれなら、否定的に言っても、肯定的に言っても、言葉を実現することはできないわけでしょう。言霊の実現が否定されるわけじゃない？」

「だから、それが実現するためには、条件というか、ふさわしい環境設定が要るわけです」

「どういう条件よ？」

「心理学の教科書に載ってた、イメージトレーニングの項目に、いいサンプルがありました。そのイメージトレーニングの学習法では、テニスを上達させる教導法の例が載っていた。テニスの腕前を上達させるために、最初は練習生たちに、プロのテニスプレーヤーになった自分をイメージさせて、やらせてみたの。そのイメージを強めるために、プロのテニスプレーヤーのビデオをたくさん見せ、イメージを強化させた。しかしその結果はというと、ごく一部の人が、例外的にめきめきと上達した例はありましたが、多数には効かなかったそうです」

「ほう。それは、あなたの理論でいうと、どういうことになるの」

「それは、練習生たちに、自分がプロのテニスプレーヤーと一体であると心から信じられるほどイメージ力の強い人が少なかったためだと思います。そういうやりかたで上達ができるほど、イメージ力が強い人も中にはいたんでしょうが」

「そりゃそうでしょうね」

「だけど、方法を変えたらもっとうまくいくやりかたが見つかりました。ホームビデオを用意して、自主映画を制作しようと言って、練習生に『プロのテニスプレーヤーの役になったつもりで、演技をしてください』と伝えたの。そして、ビデオを回して撮影をしながら、練習生にテニスをさせたら、あっという間に、みな見違えるほど素晴らしい腕前になったそうです」

「ほう。その教示法は面白いわね。で、あなたは、その現象をどう解釈するの？」

「プロのテニスプレーヤーになってください、それをイメージしてくださいって伝えても、多くの人にとって、プロのプレーヤーなんて、所詮は雲の上の存在。自分たちには、手の届かない存在だと思うわけで、意識的にそういうイメージを持とうとしても、無意識では、どうしても信じることができない。自分がプロのプレーヤーと切り離された存在であるという無意識の確信が覆されることはまず起こらないから、その方法では上達はおぼつかない。でも、素人の映画撮影で、自分がプロのテニスプレーヤーの役を演じるとイメージをすることはずっと容易でしょう。これなら、多くの人にとって、自分にもやれる事柄だと思わせることができる。そのやりかたでは、本当にプロとみまがうほど、急にうまい球を打てるようになった例がたくさんあったそうです」

「つまり、無意識で確信を得られるようなやりかたに持っていくということね？　個人のイメージトレーニングの方法論としては、理解できるけれど、それがどう阪神優勝の言霊と結びつくのかしら？　まさか阪神の選手たちに、『自分たちがプロの野球選手だ』とのイメージを植えつけることに成功したから、去年は優勝できたなんて言うんじゃないでしょうね？」

「まだ話は途中です。無論、そんなのじゃありません。でも、今の説明で、『阪神がんばれ』『阪神よ勝て』という言葉を言うだけじゃ、無力だということはわかるでしょう。阪神が優勝してほしいと願望を抱くファンは大勢いるわ。でも、無意識の前提として、阪神は優勝しないという確信がある。だから優勝を願っても、それは大抵実現しない」

「個人の無意識の働きに関しては、理解できる理論だったけど、阪神の優勝とか、他人の事柄にまでその理論を敷衍《ふえん》しだすところが、オカルトね」

「ユングの言う集合的無意識の働きっていう解釈ができるでしょう」

「フロイトの無意識なら、まだ科学として認容できる余地があるけれど、ユングの理論はね。あれはオカルト、科学的には認められないな」

「まあユングの理論もあまり正確でないのは同意するけれどね。

とにかく話を続けますね。もう一つ、言霊の働きについて重要なのは、自己欺瞞やごまかしが発言者にあったときには、その欺瞞やごまかしが暴かれ、しっぺ返しを被る形で実現するってこと。たとえば、学校の勉強で生徒が『たくさん勉強したから合格する』と自分に言い聞かせていたとしても、本人があまり勉強していないのに、自分が勉強をたくさんしたつもりになるとか、自分にごまかしがあったら、それは『合格しない』という形で実現することになる。

男女の恋愛においても、『自分はこんなに相手を愛しているのだから、相手も同じように自分に愛を返してくれますように』と願ったとして、本心で相手を愛していなかったときには、相手からは愛と反対のもの――憎しみが返ってくることになるわけね」

「それはまあ、フロイトの唱えた、意識と無意識のギャップの話とほぼ同じね。夢とか言い間違いで、無意識の本心が形を変えて表現されるという」

「まあそうですね。でもこれだけの特徴をふまえれば、去年の阪神の優勝は、言霊が実現したものだとわかるはずです」

「え、どうしてよ？　だって、阪神ファンが優勝祈願をしているのは、毎年の話だし、他チームだって、ファンにはそれぞれ応援されていたはず。どのチームだって言霊はついている。その中でなんで阪神が言霊で優勝できたなんて言えるわけ？　誰か特定の、言霊力の強い人が、阪神優勝をありありとイメージできたから優勝が実現したとでもいうの？」

「これですよ、これ」と言って君江は、壁に張られた阪神のテレホンカードを指さした。

そのテレホンカードには、阪神タイガースのチームメイトの一同が、大きな優勝旗を掲げて写されていた。「阪神タイガース創立五十周年優勝記念」との赤文字が刷られている。

「これは、先輩のテレホンカードですか？」君江が真理の顔を覗き込みながらそう訊いた。

「そう。去年のファン感謝デーで貰ったものだけど、それが何か？」

「五十周年よ。ここに書いてあることからすれば、去年、阪神は創立五十周年だったわけでしょう。でも、球団の宣伝でも、そのことはあまり言ってなかったでしょう」

「そう。どこぞの球団とは違って……」そこまで言って真理は、はっとして口を噤《つぐ》んだ。「もしかして、あなた、巨人のことを言っているの?」

「ええ。巨人創設時に関する資料とかデータとかないかしら? 野球ファンの先輩のことだから、この部屋に何かあるんじゃないですか?」

「年鑑と、各種のデータ本があるわね。ちょっと待ってよ」

そう言って神津真理は、本棚の方に行き、脚立《きゃたつ》に乗って、上部の棚にある本をいくつか取り出した。

棚から持ってきた本を何冊か、真理はテーブルの上にどさっと置いた。

「この中にないかしら?」

「待ってくださいね」君江は、そこに積まれた本を素早く一瞥し、手に取った一冊の頁をぱらぱらと繰り始めた。

「プロ野球が現在の形の二リーグ制になったのは一九五〇年。それ以前は一リーグ制だったのは常識よね。順位を決める公式戦が始まったのは一九三七年からで、一九三八年までは春秋の一年二シーズン制でした。順位はつかないけれど、プロ野球の公式戦としては、その前の一九三六年から行なわれているわね」

「待ってよ。そうすると、今年——一九八六年がプロ野球五〇周年と言える年で、去年はまだ巨人も阪神も創設五十年になってないはずじゃないの」

「でも阪神の場合、前年の一九三五年に設立事務所が開設され、株式会社大阪野球倶楽部という名称の会社ができて、大阪タイガース創立総会が開かれているから」

「なるほど。じゃあまあ、プロ野球リーグ発足以前にタイガース球団ができたと言えるかもね。それなら一応一九八五年が創立五十周年と言えるわね。でも、巨人の創立は阪神より古いの？」

「日本のプロ野球の発祥を辿るなら、一九三一年に全米野球チームが来日したときに、それと試合をするために集められたのが、その起源と言えるかもしれない。さらに全米チームの来日は一九三四年十一月にもあり、このとき結成された全日本チームは、後の巨人の母胎となり、三原《みはら》修《おさむ》二塁手や沢村《さわむら》英《えい》治《じ》投手がメンバーになっていた。でもまだこの時には日本にプロ野球は成立していません。プロ野球の発足は一九三六年と見なければなりませんが、それまでの間読売は自チーム結成に動いて、日本最初の球団『大日本東京倶楽部』が結成されるわけですね。東京ジャイアンツの名称でチームが正式に発足したのは一九三五年のことです」

「とすると、やっぱり阪神ができたのと同年？」

「そうです。そもそも野球チームって一球団では成立しませんから。戦う相手がいないと試合ができませんもの」

「まってよ。そうすると、巨人も去年が創立五十周年になるんじゃなくて？」

「ええ、そう思うでしょ？　まあこういう線引きは恣意的なもので、色々後からの操作も可能なわけで——。球団の創設にも、途中色々な段階があるわけだしね。最初の対米試合をした一九三一年や、一九三四年の対米チーム発足時に起源を置くこともできるわけだし、見かたによっては、一九三六年のプロ野球発足時が球団創立でもあると言えるでしょうし。巨人球団は一九八四年を創立五十周年と称していたわけだから、一九三四年をその起源としているわけですけれど、神津先輩は今言った中で、いつが巨人球団の起源にふさわしいと思います？」

「うーん。三四年を発足とするのもわからなくはないけれど、他のプロチームと試合ができるようになって初めて発足と言える気もする。阪神が三五年発足というなら、巨人もそれと同じ三五年が創立年にふさわしいんじゃないかしら？」

「そう思いますよね。それなのに、一昨年読売は、巨人軍創立五十周年だとかで、優勝せよとの号令と大合唱。あいにくとそれがかなわず、一昨年のペナントは結局広島東洋カープにさらわれましたけど……」

「要するに、あなたの言いたいのは、一昨年、巨人サイドがさんざん連呼した『五十周年で優勝』との言霊が、去年の阪神に効いた……。だから優勝したと言いたいわけ？」

「端的に言えば、そういうことです。巨人の一昨年の五十周年優勝連呼には、欺瞞が含まれています。去年の四月にも巨人のオーナーだかが出てきて、『去年優勝を逃したからには、今年こそ絶対に優勝せよ』と檄《げき》を飛ばしたでしょう。それでも去年の優勝は、予想外に阪神にさらわれ、またも巨人は優勝を逃しましたが……。ここに言霊の法則が働いていることがわかるでしょう」

「うーん」

「巨人はね、よく歴史なんかも、後からの書き換えをやっています。野村克也《のむらかつや》が一九六五年に、日本プロ野球史上初の三冠王に輝いたとき、巨人にしたら、自分のところから三冠王が出ていないのが悔しかったのか、歴史をひっくり返して、自チームの中島治康《なかじまやすはる》が既に三冠王をとっているって主張した。それ以来野村ではなく中島が日本初の三冠王と称されるようになった。一九三八年の秋季シーズンの中島の成績は打率三割六分一厘、打点38、本塁打十本。たしかにこのシーズンに限れば、中島の成績は三部門ともトップに立っています。でも、それは秋季リーグだけの話。当時一リーグ時代のプロ野球は、かつてのパ・リーグの前期後期制と同様に、春秋二シーズン制でプレーオフで優勝を決めていたんですね。その片方のシーズンで打撃タイトル三部門のトップだったからと言って、中島を日本初の三冠王と呼ぶのは、ちょっと無理があると思いませんか？　前期後期時代のパ・リーグだって、半分のシーズンでトップにたった者をタイトルホルダーとはみなしていないでしょう。実際、当時の報道では、中島を三冠王と称した記事なんて皆無ですよ」

「その中島って人は知らなかったけど……」

「江川との空白の一日の契約の例を見てもわかるように、ルールの恣意的解釈や、過去の歴史のねじ曲げをやってはばからないところですよ、あのチームは」

「つまり……」

「阪神を優勝させた言霊って阪神ファンが発したものじゃないわ。それは巨人サイドから発せられたものです。

正確な歴史の実態では、巨人も阪神も、昭和十年、一九三五年に発足しました。ところが巨人は、球界の盟主たる自負からか、何でも一番でいないと気が済まないものだから、わざと阪神の創立より一年古い時点を球団発足の年代にしています。もちろん球団の設立には、事前のさまざまな準備が必要だから、どの時点を設立とするかなんて、恣意的にいくらでも変えられますからね。しかし、常識的には、チームが揃って、他チームと試合ができるようになるまでは、設立までの準備期間ではあっても、チームが発足したとは言えないでしょう。だから、実態は、去年——一九八五年が、巨人も阪神も創立五十周年でした。ところが、一九八四年に巨人側は『創立五十周年で優勝、優勝』と連呼したために、その言霊が翌年に創立五十周年の阪神に実現したわけです。一九八四年は、創立五十周年に該当するチームは本当は存在しなかったから巨人は当然優勝できませんでしたし、一九八五年には、それに該当するチームが巨人以外にもあったわけです。だから、一昨年に連呼された言霊が、巨人には自分の欺瞞を暴かれる形となって実現したわけです」

「だから去年阪神は優勝できた？　今年はそれが効かないから優勝できない？」

「少なくとも阪神が優勝できる要素がないってことです」

「じゃあ、君江ちゃんの言霊理論では、今後も当分阪神が優勝できないと予想するわけ？」

その問いに君江は首を振った。「そんな先のことまではわかりません。今度は『今世紀阪神は優勝できない』との言霊が実現するようになるかもしれませんし……。次に阪神優勝の希望がもてるようになるのは、新しい世紀、二十一世紀になってからじゃないかしら」

そのとき扉が開いて、片手にコピー紙の束を抱えた、白衣の女性が入室してきた。彼女はつかつかとその部屋のコピー機に近づき、上面の蓋を開け、書類をセットした。しかし、スタートボタンを押しても機械が反応しないので、眼鏡を直して機械の表示に目を凝らした。

「あっ、紙詰まりという表示が」彼女は、神津真理の方を向いて、「神津さん。また、この機械、詰まらせたでしょう」と咎め口調で言った。

「ごめんなさい。その機械、最近不調なのよー」言い訳するように神津真理が口をすぼめた。

「他のことでは有能なのに、神津さん、どうしてこんなにコピー機の扱いが苦手なのかしらねー」溜め息をつきながら、その女性が機械の側方の蓋を開け、中を覗き込んだ。「すぐ紙を詰まらせちゃうんだから。神津さん以外が使うときは、こんなことなりませんよー」

「そうかしら?」

二人のやりとりを微笑みながら横で聞いていた星野君江が、ぽつりと、

「それもまた言霊のなせるわざかもね」と言った。

「え? どういうことよ」

「だってあなた、そういう名前をしているものね、カミヅマリさん」

【外国人推理課（1） 午後1時20分】

一日中受付カウンターにしばりつけられたままの退屈な業務の中にも、楽しみのようなものを見いだすことはできる。日向《ひゅうが》由香《ゆか》にとって一つはそれは人間観察であり、仕事中はずっと受付にやって来る人の素姓や職業を外見から推測してみることを楽しみにしていた。長年受付の席に坐っていると、だんだんと病院を訪れる人々への観察眼に磨きがかかってくる。この調子で人間観察力を養えば、そのうちシャーロック・ホームズばりの名探偵にもなれるかもしれない——ただ、病院の受付をして養われた観察眼というのは、患者との関係や病院に対する相手の期待や関心から区分けされるものであって、病院を離れた場でも、同様の判別力を働かせることは必ずしもできなかった。

いま由香のいる窓口にやって来たのは、ついさきほどこの病院に搬入された、轢き逃げされて重傷を負った男に付き添ってきた二人らしい。若い日本人の男性と、金髪碧眼の欧米人らしい若い女性という、少々珍しい組み合わせだ。男は茶色い髪で、背が高く、ベージュ色の上衣とデニムのジーンズを着ている。年齢は二十代半ばくらいだろうか、連れの女性も、ほぼ同年齢に見える。彼女は普通の日本人女性なら到底似合いそうにない赤い大きなリボンで髪をくくり、薄青の縁取りをした短めのスカートと青い花柄模様のカーディガンを着ている。受付に来た人を観察する場合、まず相手の言動や仕種から、この病院──《緊急推理解決院《EDS》》──に運ばれた怪我人や患者のことを本心で心配しているかどうかを判別する目を由香は培《つちか》ってきた。

そして見たところ、窓口越しにそわそわしている青年の方は、心底この《緊急推理解決院》に担ぎ込まれた怪我人のことを心配しているらしいことが窺えた。それに対して、その男の横にいる外国人の女性は、怪我人のことを特に心配している様子はない。ただ、一緒にいる男のことは気にかけているようで、ずっとその様子を見守り観察しているという印象を受ける。

（どうやら、青年の方は、あの怪我人の家族でしょうね。隣りの外国人らしい女性は、この青年の友人か知人で、怪我人の直接の関係者ではなさそうね）

そう由香は推論した。

ついさきほどこの病院に搬送されてきたのは、近くの道路で轢き逃げされたという六十歳の男性だ。その怪我人について、救急車からこの病院に一報が入ったのが、いまから約二十分ほど前、午後一時をまわった時刻だった。この病院に電話をかけてきたのは救急隊員で、電話をとった由香に対して、慣れた事務的な口調で、用件を伝えた。

《角笛《つのはず》の交差点で轢き逃げと思われる事故発生。怪我をして倒れている六十歳の男性を搬入した。これから十五分ほどでそちらに搬送する》

新宿の繁華街に近い《緊急推理解決院》で仕事をしていると、轢き逃げ事件が起きたくらいのことでは、一向に驚けない。部外者が聞けば符牒としか思えないような言葉で、怪我人の現況や容態についての情報が伝えられる。その電話を受けた由香は、淡々とうなずきながらメモをとった。そして通話を終えた由香は、内線電話につないで、これから運ばれてくる怪我人の受け入れ体制をとれるように必要事項を伝達した。

今日はクリスマスイヴ、この病院にとっても〝混み日〟となりそうな予感は最初からあった。なんといっても今日は、大勢の人たちが浮かれ騒ぐ日である――《緊急推理解決院》にとってあわただしい日になることは容易に想像がつく。去年も、一昨年も、クリスマスイブは、《緊急推理解決院》が大繁盛したのを由里はよく覚えている。女にふられた腹いせに喧嘩騒ぎを起こしたり、無謀運転をして塀に車ごと突っ込んで大怪我をした男が担ぎ込まれたりして、てんやわんやの騒ぎになったものだ。

いまカウンターの窓越しに立っている青年は、窓口にいる由香になにか聞きたそうな表情をしている。

「あの、なにか?」

由香がそう声をかけると、男が勇を鼓したように、「あの、すみませんが――」と口を開いた。

「はい、何でしょう?」

「こちらは、EDとか、緊急推理何とか、というところですよね?」

「ああ、はい、《EDS緊急推理解決院》です。何か探偵師《ホームズ》に相談なさりたいことがおありですか?」

「はい。さきほどここに運ばれてきた、轢き逃げされた長園さんに関することで……」

「でも、轢き逃げ犯の追求でしたら、通常の警察業務ですし。もしあれでしたら、院内に警察の派出所がありますが……」

「いえ、ぼくが相談したいのは、単にその轢き逃げ犯の追求だけではありません。もちろん、その犯人もつかまえてほしいのですが、この事件は、もっと大きな背景があります。その点に関して、こちらに相談をしたいのですが――」

由香は、手元の受付表に目を落とし、轢き逃げによる怪我で運ばれてきた患者の名前を確認した。

「さきほど手術室に運ばれた長園さんという方とご一緒にいらした方ですよね？」

「ええ、そうです」

「あの方は、すぐに輸血して緊急手術することになっています。命に別状はないって先生がおっしゃってましたから、その点はご安心ください。手術後もしばらくは絶対安静が必要ですから、すぐには話を聞いたりするのは無理だと思います。あの長園さんのご家族の方ですか？」

「いえ、そういうわけではありません」とその青年は首を振った。

（家族だと思ったのに、今回は予想が外れたみたいね……）由香は内心でそう独りごちた。

「自分は家族ではなく、長園さんを訪ねてきた者です。今日はちょうどこれからあの方と会う約束があったんです。その途中で、あの轢き逃げが起こったものですから、すぐに一一九番に電話をして、救急車で付き添ってここまで来た次第です。長園さんの家族の方には既に連絡が入っていますから、すぐにここに駆けつけてくると思います。もう今頃到着しているかもしれません——」

「そうですか……」

〈家族でないと言う割には、ずいぶん親身に心配していたようだけれど……〉

そんなことを思いながら由香は、青年と隣りの外国人女性の顔を交互に見回した。

「ぼくは三河真治《みかわしんじ》と申します——」そう言ってから三河と名乗った若者は、隣りにたたずむ金髪の女性を示して、「こちらはぼくのフィ……、いえ、友人のナオミ・キンケードです」と言った。

彼はどうやら「フィアンセ」と言いかけて途中でやめたようだった。

ナオミ・キンケードと紹介された金髪の女性は微笑んで小さく会釈し、なにか英語で小さく喋ったようだが、由香にははっきりとは聞き取れなかった。

「それでこちらには、緊急の謎を解決してくれる解決室があると聞いたんですが——」

「ええ、〈緊急推理解決院〉という名のとおり、うちは、難事件や不可解な謎を扱う場所です。そこが一般の警察と大きく違うところです」

「それで、この事件について、探偵師に、依頼するわけにはいきませんか?」

「轢き逃げ事件についてはさきほども申しましたように、普通に警察が扱ってくれると思いますけれど——」

「いいえ、頼みたいのはその件だけではないんです——正確には、その轢き逃げも絡んでいる、もっと大きな事件なんです。いまぼくの兄が、大阪で起こった殺人事件で、有力な容疑者として取り調べを受けています。まだ正式に逮捕されたわけではありませんが、このままでは近いうちに殺人犯として警察に逮捕されそうな状況なんです。ぼくはその兄の濡れ衣を晴らしたいんです――」

「最近大阪で起こった事件というと、もしかしてあの米国人女性殺害事件ですか？」

由香が思い当たったのは、数日前に、大阪で起こった米国人女性殺害事件のことが大きく報道されていたからだ。

「そうです、まさにそれです。ぼくの兄は、その事件で殺されたルーシーさんの夫でした。現在最有力な容疑者として警察の取り調べを受けています。ここに運ばれてきた長園さんは、兄にかけられた嫌疑を晴らしてくれる証人になってくれそうな人でした。その長園さんが狙いすましたように轢き逃げされたということは、これはもう、裏にいる真犯人の差し金としか思えません！」

そう言って三河は、握りしめた右手の拳を左手の掌にぶつけた。

「お待ちください。いっぺんにそんなにたくさん喋られても困ります。私は受付係にすぎませんから――。単なる轢き逃げ事件の捜査なら、警察に任せておけばいいと思いますが、もっと複雑な事情のある事件だったら、うちの探偵師たちがお役に立てるかもしれません」

「ええ、是非お願いします」

「ただ、探偵師に相談を持ち込んだからと言って、必ず解決してくれる保証はありませんし、解決があなたの望むとおりのものになるという保証もありません。ただ、その分野で推理の得意な先生方がお手伝いするというだけですから――」

「ええ、その点は承知しています」

「では、どちらの科に行かれます？」

「どんな科があるんですか？」

「小児推理科、外国人推理科、歴史推理科などいくつかありますが、詳しくはこちらをごらんください」

そう言って由香は、各推理科名が並んだ札《プレート》を示した。その一覧を三河青年は一瞥して、

「怪奇推理科……。変わった科もあるんですね」と感想を洩らした。

「警察の手に負えない怪奇的な事件を扱っています」と由香が冷静にこたえる。

「外国人推理科に相談させていただけませんか。殺されたのがアメリカ人で、事件の関係者に外国人が多いですし、肝心の証言に関しても、英語が絡んでいますから」

「わかりました。外国人科を呼んでみます」

由香は受話器を取り上げて、内線で外国人推理科の番号をプッシュした。

「はい……もしもし……」

小声で二分ほど話した後、由香は受話器を置いた。

「いまは外国人推理科の探偵先生が所用で出ていますが、新涼という助師ならおりますので、彼でよければ、すぐに話をうかがえるそうですが……」

「はい、それで結構です。新涼助師というのはどういう方ですか？」

「欧米に永く滞在経験がおありで、十数ヵ国語を操れる、語学の達人です。探偵師の星野先生も、語学が達者なんで、あのお二人がいると、世界中の主だった言語がほぼすべてカバーされるほどです」

「そうですか……。ではお願いします」

「では、この案内図にしたがってお進みください」

そう言って由香は、「外国人推理科」までの案内図が印刷されている紙を青年に手渡した。

＊

三河が所定の部屋の扉を開けると、待っていたかのように、正面に立っていた男性がにこやかに微笑んだ。マホガニー製のテーブルと棚が並べられ、アメリカの富豪の屋敷の一室のような内装になっている。壁の書棚には主として医学書とおぼしき洋書がずらりと揃え並べられている。その男は、三河に手を差し出しながら、

「外国人推理科の助師で、新涼といいます」と自己紹介した。「いましがた受付からの内線で、お名前だけは窺いました」

細身だがひきしまった身体つきをしていて、少し日本人離れした、面長で彫りの深い顔だちをしている。新涼の容貌を見て三河は、もしかしたら、欧米人とのハーフかクォーターではなかろうかと感じた。握手した手の指の長さとしなやかさは、ピアニストを連想させた。

「三河真治です。よろしく。こちらが」三河は、自分に続いて部屋に入ってきた金髪の女性を指し示して、「彼女はナオミ・キンケード」

「ハイ。ナイストゥミーチュー」満面の笑みを浮かべて新涼はナオミに近づき、にこやかに握手をかわした。三河に対応するときよりもずっと大仰なゼスチャーで、新涼はナオミと挨拶をかわした。二人の間で二言三言なにやら英語での会話のやりとりがなされたが、三河にはよく聞き取れなかった。

「どうぞそちらへ。プリーズシッダウン」と日英二か国語で新涼は椅子を勧めた。

勧められるままに三河は肘掛椅子に腰を下ろし、その隣りの椅子にナオミも腰を下ろした。新涼はテーブルをはさんで向かいのソファに腰を下ろし、リラックスした様子で長い足を組んだ。

「それで今日は、どういう事件のご相談ですか？」

「さきほど受付でも少し話しましたが、十日ほど前に大阪で起こった米国人女性殺害事件のことです。新涼さんも報道では既にご存じの事件かと思いますが——」

「あなたがたは、あの事件の関係者ですか？」

「はい。ぼくの兄が、殺された女性の夫で、事件の最有力容疑者とみなされている三河俊樹《としき》です。今しがた轢き逃げでここに担ぎ込まれた長園さんも、あの事件と係わりがある方です。あの方が狙われて車に轢かれたということは、これはもう、裏で陰謀がたくらまれているに違いありません！」

三河は思わず語気を荒らげた。

「まあまあ。お気持ちはわかりますが、話を聞かせていただかないことには何とも申し上げられません。私はその事件に関しては、新聞報道は読みましたし、テレビでのニュースでも見ましたが、それ以上は何も知りません。まずは順序立てて、事件に関する話をお聞かせいただけますか？」

「ええ、すみません。ちょっと気持ちが昂《たかぶ》ってしまいまして――。まだ逮捕されたわけではありませんが、兄は、あの殺害事件の最有力容疑者と見られて、現在警察から取り調べを受けています。しかし、もちろんぼくは、兄が義姉《あね》を殺したなどと信じていません。兄は明らかにはめられたのです。その濡れ衣を晴らすために、証人を求めて東京に来たら、この轢き逃げ事件が起こりました」

また三河が声を荒らげそうになったので、新涼は、近くのポットに手をのばし、急須にお茶を注いだ。

「まずは気分を落ちつけてください。お茶でもいかがです？　一息ついたら、最初からわかりやすく説明していただけますか？」

差し出されたお茶をすすり、三河は頷いて言った。

「はい。事件が起きたのは、今から十一日前のことでした――」

＊

「今年で三十歳になるぼくの兄は、大阪府のD市の市役所に勤める公務員です。出身は大阪でなく、金沢です。兄は大阪の大学に進学し、そのまま大阪で就職し、ずっと独り暮らしできました。ぼくは今大学生で、金沢市内にある大学に実家から通っています。

いま政府が推進している規制緩和政策の一貫として、大阪にも英語特区をつくろうという話になって、その候補地に名乗りをあげたのが兄のいるD市でした。アメリカ・カリフォルニア州の友好都市C市と提携して、D市の一角を開発して、小さな〈アメリカ村〉をつくるという計画を推進する仕事に兄は携わっていました。商店街から公共施設まですべて英語をメインとし、特区内の学校は全部英語で授業を行なう計画でした。その英語の教師を含めて〈アメリカ村〉に住んでもらう人たちを招くために、兄はしょっちゅう渡米していました。そういう仕事の中で、カリフォルニアで兄が知り合って、付き合いだした女性が、殺されたルーシー・ヘイゼルさんでした。去年の夏に知り合って半年ほどの交際期間を経て結婚したのが今年の初頭です」

「お兄さんは、英語は堪能な方ですか？」

「はい、英検の一級は持っていますし、日常会話には不自由せず、流暢《りゅうちょう》に英語をあやつれます。D市役所の中では一番英語ができるということで、アメリカ側との交渉の仕事を任されていたくらいですから――ただ、まったくネイティヴと同等かというと、やはり日本人の英語であることが向こうの人には伝わるみたいで、母国語なみに使えるほどではなかったようです」

「なるほど。それで、ルーシー・ヘイゼルさんは、どういう方だったんですか？　お兄さんと知り合った契機はどんなものでしたか？」

「ヘイゼルさんは今年で二十六歳になり、お父さんがやりての実業家でした。彼女の父はヘイゼル＆ハーバーという宅地開発会社《ディベロッパー》の共同経営者の一人でした。ヘイゼル氏の一人娘のルーシーさんは、カリフォルニアの大学で心理学の修士号をとり、大学院卒業後は父親の仕事を手伝っていたみたいです。そのカリフォルニアの宅地開発会社が、このD市での〈アメリカ村〉の開発事業にかかわることになり、その交渉の過程で兄と知り合ったようです」

「お兄さんとルーシーさんは国際結婚ということになりますが、ルーシーさんは、日本に移住することに同意なさったんですか？」

「はい。結婚を承諾したときにルーシーさんは日本に渡ることに同意していたと聞きます。ところが、結婚式をあげた後で、ルーシーさんがすぐに日本に移住できない困った事情が生じました――。

今年の一月、兄とルーシーさんがハワイで結婚式をあげた直後、ルーシーさんの父親のデイヴィッド・ヘイゼル氏が突然の心臓発作を起こして急死したんです。もともと糖尿病と心臓病を患っていた方で、医者からは節制をするように勧告されていたそうですが、ヘイゼル氏はあまりそれには従っていなかったそうです。

そこに持ち上がったのが、ヘイゼルさんが経営していた宅地開発会社の引き継ぎ問題です。ヘイゼルさんは既に妻を早くに亡くし、ルーシーさん以外に子どもがいませんから、会社と財産はルーシーさんが引き継ぐことになります。ところがそれに反対したのが、ヘイゼル氏と共同経営をしているアルフレッド・ハーバー氏です。ハーバー氏は、会社の株と経営権を自分に譲渡するようにルーシーさんに迫りましたが、ルーシーさんはそれを拒否しました。ルーシーさんは自分が日本に移っても、兄とともにその会社を運営していくつもりだと言って、ハーバーさんの要求をつっぱねたそうです」

「亡くなったヘイゼル氏は、自分の仕事の後継をどうしようと考えていたのですか？ ルーシーさんしか子どもがいないのに、ルーシーさんが日本人と結婚して日本に移住することに賛成していたんですか？」

「ぼくはヘイゼル氏と直接会ったことはないのですが、ルーシーさんの結婚にはあまり賛成していなかったらしいと聞いています。ただ、強硬に反対されることもなかったそうです。自分の跡継ぎに関しては、まだ死ぬつもりはなかったようで、遺言も何も残していなかったそうです」

「そうですか、それは後々揉める種になりそうですね。しかし、ルーシーさんは、自分でお父さんの会社を運営できる能力はおありだったんですか？」

「それはぼくにはよくわかりません。ただ言えるのは、ルーシーさんは、ハーバー氏にあまり好感を持っていなかったようです。ルーシーさんは、会社を分割して、ぼくの兄に仕事を継いでもらって日本で自分の会社を独立して設立させたかったようですが、ハーバー氏はその案には大反対でした」

「そのルーシーさんの案に関しては、お兄さんの意向はいかがだったんですか？」

「兄の態度ははっきりしませんでした。ルーシーさんの提案にまんざらでもなさそうな素振りを示しながらも、いまの役所勤めをやめて、ルーシーさんの会社経営を引き継ぐ気概は持ってなかったように思います」

「お兄さんが乗り気でなければ、ルーシーさんとしても、会社をお兄さんに渡すわけにもいかないところでしょう」

「ええ、そのはずなんですが、ルーシーさんはハーバー氏とは感情的にそりが合わないらしく、他の人に渡しても、ハーバー氏には経営権を渡したくない様子でした」

「だとすると、話がこじれそうですね」

「ええ、あちらでは相当話がこじれていたみたいで、双方が弁護士をたてて争い合うような事態になっていたようです。そのあたりの事情は詳しくは知りませんが——。

とにかくお父さんが急死したために、会社の事務処理で、ルーシーさんは日本にすぐには移住できなくなり、当面兄夫婦は日本とアメリカで二重生活をすることになりました。機会を見て兄とルーシーさんが互いに太平洋をわたたって逢瀬をするという状況でした」

「結婚したばかりだというのに、それはなかなか大変ですね」

「ええ、ぼくも何度か兄に同行してアメリカに渡りましたが、本当に大変そうでした。彼女とは」そう言って彼は、横の女性を示した。「ナオミとは、ぼくが夏休みに短期留学したときに知り合いました。彼女は、ぼくが語学留学に行った、カリフォルニア州のC大学の学生で、へイゼル&ハーバーの会社にアルバイトに来ていました。そのときに……」

ナオミという女性は、三河の話していることがある程度は理解できるらしく、三河の言に対して、「イェス」などと相槌を打っている。

新涼は、ナオミの方を向いて、英語で「どのようにして彼と知り合ったのか？」という質問を発した。ナオミはその問いに早口の英語で、まくしたてるように答える。新涼はふむふむと頷き、ナオミの話した内容が、三河の説明と大差がないことを確認した。

新涼は、再び三河の方に顔を向けて、

「外国人の女性に声をかけるのは、勇気が要りませんでしたか？」と訊ねた。

「ええ、それはもう……」少しうつむいて三河は恥ずかしそうにこたえた。

「結構英語は喋れる方ですか？」

「いえ、それほどでもないんです。たまたまぼくが兄の手伝いをしている場に、彼女もいたものですから、なんとなく一緒に話す機会が得られたのが実情です。英語に関しては、兄に及びもつきません。ほんの初歩的な会話をやっとこなせる程度です。ただ、ナオミの方は、大学のサークルで日本の漫画やアニメを結構見た関係で、ある程度日本語と日本文化になじんでいたもので、それで話しやすかったのもあります」

「彼女は日本語がわかるのですか？」

「いえ、片言を解するだけです。ただ、日本人が喋るカタカナ文めいた英語を理解するのに長けています。あちらで日本人の喋る下手な英語にかなり慣れたそうで、ネイティヴのアメリカ人には理解しづらい日本式の発音をよく理解してくれます。それでぼくの下手な英語でも、彼女とは意志疎通ができる状態です……」

「なるほど」

「それで事件が起こったときの話にうつります。

ルーシーさんが日本に来たのは、今月の十日でした。会社として大阪の〈アメリカ村〉造成にかかわるというので、ハーバー社長はじめヘイゼル&ハーバー社の幹部たちも大勢がいま来日して大阪に滞在しています。

先々週の土曜と日曜、つまり十二月十一日と十二日は、兄がルーシーさんと一緒にひさしぶりの帰省をしていました。ルーシーさんと二人で、ぼくも住んでいる金沢の親の家に泊まっていました。兄は月曜日から仕事があるので、十二日の日曜日の晩に特急列車で先に一人で大阪に帰りました。ルーシーさんは、カリフォルニアにいたときに座禅指導を受けた金沢の禅寺の老師に、月曜日の午前中に挨拶してくるからと、帰阪を一日遅らせました。

事件が起こった十二月十三日の月曜日、ルーシーさんは金沢駅から特急列車に乗って、大阪に向かいました。ルーシーさんは日本語は片言しか話せないので、ぼくが代わりに列車の予約と手配をしました。十六時〇二分・金沢発のサンダーバード三六号で、十八時三十二分大阪着の特急列車の予約をして、昼過ぎにうちを出て大阪に向かいました。ルーシーさんが死体となって発見されたのは、その日の夜、大阪でのことでした。事件の調査で、ルーシーさんが大阪に到着した時刻が問題となって、ぼくも警察から事情聴取を受けました……」

「ルーシーさんがその列車に乗ったのはたしかですか?」

「列車に乗るところを確認したわけではありません。ぼくが車を運転して、正午過ぎに家を出発して、ルーシーさんを金沢駅まで送りました。ルーシーさんは駅の近くで食事と買い物をしてから行くというので、早めの午後一時頃に駅に着いてそこで別れました。予約券と切符を渡して、念のため列車の情報と大阪の兄のいるホテルまでの行きかたを英語で書いたメモを渡しておきました。主要駅なら大体アルファベット表記もあるから大丈夫だとは思うのですが、ルーシーさんは日本語はほとんど読めませんから」

「ルーシーさんの日本語の理解力はどの程度でしたか? お兄様との会話は、英語を使っていたのですか?」

「はい、基本的に英語だったようです。日本に滞在している間に、だんだん言葉を覚えていたようで、初歩的な日本語会話はだいぶできるようになっていました」

「読み書きの方はどうですか?」

「カタカナとひらがなは、一通り勉強したみたいで、自分では『読める』と言っていたのを聞いたことがあります。漢字は、まだ読めないみたいですが、最後に金沢駅で話をしたときには『これからチャイニーズ・キャラクター(漢字)を学習したい』と言っていたのを覚えています」

「なるほど。それで、ルーシーさんがその予約した列車に乗ったのは確かですか?」

「はい、その日は二度ほどルーシーさんが携帯電話でぼくのところに電話をかけてきました。一度目は午後二時頃で、自分が乗る列車の確認をしたいということで、もう一度は午後五時頃でした。そのときは乗っている列車から電話をかけてきたので、ぼくの方から英語で『予約した列車に乗れているか？』と訊ねましたら、『乗っている』との返事がありました。ただ、座席と切符のことでよくわからないことがあって、何やら質問したがっていましたが、電波の入りが悪かったので充分話せずじまいでした。いずれにしても、その電話からも、予約したサンダーバードの特急列車に乗ったのは確かだと思います」

「その電話を掛けてきたとき、ルーシーさんに連れというか、同行者がいた様子はありませんでしたか？」

「同行者ですか？　いえ、それは全然……。一緒に行く人がいたとも聞いていませんし、彼女一人だったと思います」

「わかりました。では、遺体が発見されたときの状況をお聞かせください」

「はい。その日、兄には、前もってルーシーさんが大阪に着く予定時間をぼくが知らせていました。

兄はその日仕事の関係で、大阪府のD市内にあるホテルに宿泊していました。大阪駅から車で十分ほどのところにあるビジネスホテルです。そのホテルには、兄の他に、アメリカから来た、ルーシーさんの仕事の同僚であるヘイゼル＆ハーバー社の社員たちも五人ほど宿泊していました。

兄が仕事を終えてホテルに戻ってきたのは、午後七時半頃でした。もうルーシーさんが着いているはずだと思ったのにまだ来ていないことを不審に思って兄は、八時過ぎにぼくに電話をかけてきました。ぼくはルーシーさんが時間通りの特急列車に乗ったはずだと伝えました。どうして今になってもそちらに着いていないのかわからないと言うと、兄は『わかった』と短くこたえ、社員の人たちと一緒に外に探しに出かけると言っていました。

ルーシーさんの遺体が発見されたのは、午後八時半頃、ホテルから徒歩十分ほどの距離にある雑木林の中でした。そのあたりは、石川五右衛門がひそんだ井戸という観光名所になっているところがあって、駅や市役所にある観光案内では大きくアピールされています。その井戸の、小さな井戸杭のそばで、絞殺されて、着衣が乱れた姿で発見されました。発見したのは、アーノルド・チャップマンという、兄と同じホテルに宿泊していたヘイゼル&ハーバー社の社員でした。彼が、兄とともに手分けしてルーシーさんを探していて、発見したそうです。鑑識によって検死解剖が行なわれ、死亡推定時刻は、その日の午後五時半頃から七時半の間だろうとされています。

発見現場は、最寄りの私鉄駅と、兄たちが泊まっていたホテルをつなぐ大通りから少し外れたところにある場所で、休日の日中はかなりの観光客が来たりして賑わうところですが、それ以外はあまり人気のない、さびしいところです。ルーシーさんの遺体には少し地面をひきずられた痕があったそうです。おそらくルーシーさんは大通りを通っていたところを襲われて、寂しい雑木林の方に連れ込まれて殺害されたものと推定されました。着衣に乱れはありましたが、性的な暴行は受けておらず、装飾品と現金の入ったバッグが持ち去られていたそうです。

死体を発見したチャップマンさんの証言では、その場所を探しに行ったのは、兄の助言によるそうです。このチャップマンさんの証言が、兄がルーシーさんを殺したという疑いを招く一因となりました」

「ほう。と言いますと？」

「ホテルを出てしばらくは、チャップマンさんは、兄とともにホテルから駅の間を探したそうですが、ルーシーさんの姿が見当たらず、互いにわかれて探そうということになりました。そのときに兄はチャップマンさんに英語で『自分はあちらの方を探すから、あなたは、そのカーブのあたりを探してみてくれ。もしかしたら、そのあたりで妻が見つかるかもしれないから』と言ったそうです。兄は後で、その大通りが曲がった辺りをカーブと言ったつもりで言ったと主張しました。しかし、チャップマンさんはこの言葉を curb と聞いたそうです。曲がっているところは curve ですが、curb というと、歩道の縁石とか井筒、井桁といった意味の別の言葉になります」

「ほう。確かにどちらの言葉もカタカナで言えば『カーブ』。日本人には発音しわけるのも、聞き分けるのも苦労する単語ですね」

「そうなんです。その言葉を聞いて、チャップマンさんは、近くにある石川五右衛門の古井戸を思い出し、そこに行ってみたら、ルーシーさんの遺体が見つかったというわけです。つまり、兄は、前もってそこに死体があるのを知っていたのだから、犯人に違いないという理由づけがなされてしまったのです」

「しかし、犯人が自ら自分の犯行を告白するようなことを言うものでしょうか？」

「ええ、その点については、兄の弁護士の方も同じことを主張しています。それに兄は、英語がかなり使えるとは言え、ネイティヴ並みとまではいきませんから、どうしても日本人的な発音をしてしまいます。curve と curb をアメリカ人に間違って聞かれることくらい充分起こりうることなんです」

「それはもっともですね。その話を聞いて私は、過去の有名な犯罪事件を思い出しました。それは、チャン・イ・ミャオ博士の事件と共通性がありますね」

「チャン・イ・ミャオ博士の事件？」

「一九二八年に英国で起きた中国人婦人殺害事件ですよ。その事件も、今回の事件と似て、被害者の中国人の富豪の夫が殺人容疑に問われました。決定的な物証はなく、状況証拠から夫が殺人の罪に問われたのですが、その裁判で争点となったのが、ミャオ夫人の死体発見後に夫のミャオ博士が話したとされる英語の言葉です。今回の事件と似ているのは、容疑者のミャオ博士が、英語を母国語としていないために、その発音が英国人に聞き違えられた可能性が取り沙汰されたところです。その件が有罪か無罪を分ける大きな分岐点となりました」

「どういうことが分岐点になったのですか？」

「いくつかあるのですが、一つは、妻の死体を発見した女性が、ミャオ博士に、『妻はニッカーズ（knickers）を着ていたか？』と訊かれたと証言したことです。ニッカーズというのは、古い言葉で言えば猿股のような、ブルマー型の女性用下着ですね。被害者の女性は、スカートをまくりあげられ、下着を破られ、外見からは性的な暴行を加えられたかのように見えました。

実際の検死では、暴行そのものはなかったことが判明していますが――。まだ死体を見ていない段階でミャオ博士が、殺された妻の下着のことを訊いたのは、彼が死体の様子についてなにか知っていたからではないか、つまり彼自身が下手人ではないかと、そう推測されたわけですね。

ところがそれに対してミャオ博士側は、こう反論しました。自分は『妻は首飾り（necklace）をつけていたか？』と訊いたのだと。ミャオ夫人は、高価な真珠の首飾りをしていたというのは、宿の従業員も証言している。博士は、その首飾りをつけていたかどうかを訊いたのだと主張した。下着のことを訊くなら、ブルマーとかズロースといった言葉を使う方が普通で、〈ニッカーズ〉などという言葉は使わないと。それに対して、発見者の女性は、たしかに自分が聞いたのは、〈ニッカーズ〉だと主張したわけですね」

「なるほど。自分はよくわかりませんが、その二つの単語は音の響きは似ているものなんですか？　聞き違えやすい単語なんでしょうか？」

「さあ、それは何とも言えません。ネイティヴの人同士の会話なら、まずは混同はされない言葉ですが、東洋人の発音した英語となると……」そう言って新涼は首を振った。「そしてもう一つ、まだミャオ夫人の行方がわからなかった段階で、ミャオ博士が、夫人の行方について『彼女は水浴地（bath）に行ったのか？』と訊いたという証言を、夫人の世話をしていた女性がしています。これは、ミャオ夫人の死体が発見された場所が、その地域では〈水浴地（bath）〉と呼ばれる場所だったために、ミャオ博士の有罪の決定的証拠といわれました。ところがこの点に関しても、ミャオ博士は、自分の妻が『バス停（bus）に行ったのか？』と訊いたと主張しています。夫人がバスを使って宿から出かけることはあったから、その問いなら不自然ではなくなります。この発音に関しても、法廷で大論争が起こったそうです」

「たしかに、その事件、今回の事件と類似性がありますね。日本人なら間違えやすい言葉です。bath と bus 、どちらも日本語でカタカナ書きすれば『バス』ですからね。日本人なら間違えやすい言葉ですが、その中国人のミャオ博士も、英語の苦手な日本人みたいな発音をしていたんですか？」

「博士は、イギリスやアメリカで、通訳もなく英語で商談をまとめているくらいですから、相当英語は堪能だったはずです。英語の苦手な日本人とは比べられないと思います。しかしどれほど堪能でも、母国語でない者の発音には、聞き違えが起こることは充分ありえますからね……」

「で、結局そのミャオ博士の事件はどうなったんです？　博士は有罪とされたんですか？」

「ええ、陪審員の評決で有罪とされて死刑に処せられています」

「そうなんですか……」三河は少し顔を曇らせた。「はたしてそれは正しい判決だったんでしょうか？」

「それはもう何とも言えませんね、われわれには彼が本当の殺人者であったかどうかを知る術はありません。ただ、残された資料から見るかぎり、ミャオ博士が本当に殺人者だったかどうかは疑問の余地があります。もちろん彼が疑わしいとする傍証があるのは確かですが、断言できるほどのものではない以上、〈疑わしきは罰せず〉の原則を適応すべきだったというのが、ぼくの個人的な意見ですけれどね」

「そうですか……。兄の事件も、紛らわしい英語ですね。curve と curb ですからね……。それともう一つ、ルーシーさんの遺体が見つかった後で、兄が英語で話したことで、問題となった言葉があります。遺体発見の報せがあった後兄は、ホテルにいる別のアメリカ人社員に“My wife was robbed and strangled....”（妻がものを奪われ絞められていた）と語ったと証言されています。この言葉も問題になりました。というのも、この時点で兄はまだ遺体を見ておらず、ただ遺体を発見してホテルに戻ってきたチャップマンさんの話を聞いただけだったからです。チャップマンさんは遺体の着衣が乱れていたことは報告しましたが、ルーシーさんの持ち物がなくなっていたかどうかは知りませんでした。それなのに、兄は、自分の妻が英語で『ものを奪われて絞殺された』と語ったことになります。実際に後で警察が調べてみると、ルーシーさんの所持品が奪われていたことが判明しています。ですから、その言葉は、兄が、犯人しか知りえない情報を知っていた証拠であり、兄が絞殺犯であることを裏付けるものとされました」

「その点についてお兄さんはなんと言っているのですか？」

「兄は、自分が言ったのは“My wife was rudely strangled....”、つまり『私の妻が酷く絞められて』だ、『妻のものが奪われた』などとは一言も言っていないと主張しています。これもまた、英語では紛らわしい言葉なので、互いの証言が食い違っているとどうしても水掛け論になってしまいます。日本人がそう発音したつもりでも、アメリカ人には別の言葉に聞こえてしまうのはよく起こることですから……」

「たしかにそのとおりですね。お話を聞いただけでは、お兄さんが主張していることが正しいかどうか私には判断できませんが、少なくともそういう発音上の行き違いは、日本人の英語なら充分起こりうるとは言えます。その二つの根拠だけでは、お兄さんを犯人とするに足るものとは言えませんね」

「ええ、まだ兄は正式に逮捕されたわけではなく、重要参考人として取り調べを受けている状態です。あと兄の不利な証拠として、そのときにたまたまルーシーさんの首飾りをポケットに持っていたことがあります。ルーシーさんと再会するのであずかっていた妻の持ち物をたまたま持ち運んでいたということなのですが、警察には、ルーシーさんがしていた首飾りをはずしたのではないかと疑われたみたいなんです……」

「しかし、夫がわざわざ妻の所持品を奪うために殺害をするのは、動機として筋が通りませんね」

「ええ、その点も、兄の弁護士が主張しています。ぼくは、小心者で心優しい兄が、だいそれた殺人などという罪を絶対に犯せないのをよく知っています。ルーシーさんを排除したがっていた者は他にいます。他に犯人がいて、兄ははめられたんだと信じます……」

「あなたのおっしゃる他の者とは、どなたか心当たりがおありですか?」

その新涼の問いかけに三河はこくりと頷いた。

「もしかして、そのルーシーさんの父親と共同経営をしていたハーバー氏ですか?」

「はい、一番ルーシーさんを排除したがっていたのは彼だと思います。彼ならルーシーさんを殺害する動機が充分にあります。ただ、ハーバー氏には、その晩の完璧なアリバイがあるんです。ですから、自分では直接手を下さず、共犯者を用いて犯行におよんだのだと思います」

「ほう。そのハーバー氏のアリバイというのは、どんなものですか?」

「その日の午後六時半以降ハーバー氏は、神戸の三宮駅近くのレストランで、取引先の会社の部長と歓談をしているのです。これは宴席に何人も同席しているので、偽証のアリバイではありえません。ルーシーさんが乗っていたサンダーバード三六号が大阪に着くのは午後六時三十二分ですから、その時刻に神戸にいたハーバー氏がルーシーさんを殺害するのは不可能ということになります」

「なるほど、それはそうですね」新涼は手元の時刻表を開いて、大阪から神戸の列車情報を調べた。「大阪の梅田駅から神戸の三宮駅までは、阪急の急行列車で約三十分かかる。自動車や他の交通手段を使っても、少なくとも移動に二、三十分はかかりますからね」

「ええ、ですから、ぼくは、ハーバー氏が直接の殺害者ではないことは認めますが、誰かに命じてルーシーさんを殺させたという疑いが拭えません」

「ふむふむ、それはこの列車の時刻が事件の鍵の一つかもしれませんね」

新涼は、手の時刻表を広げて、金沢から大阪にいたる北陸本線のページをにらんだ。(別頁参照)。

「しかし、警察の方に相談に行っても、もう兄を殺人犯であると決め込んでいる節があって、全然まともに相手にしてもらえません。それで、兄の濡れ衣を晴らそうとして、自分で調査を

北陸本線2004年9月時刻表より

列車番号	4028M	4030M	4032M	4034M	4036M	4038M	4040M	7042M
列車名	特急 サンダーバード28号	雷鳥30号	特急 サンダーバード32号	雷鳥34号	特急 サンダーバード36号	雷鳥38号	特急 サンダーバード40号	雷鳥42号
金沢 発	1354	1416	1501	1516	1602	1616	1653	1711
	レ	レ	レ	レ	レ	レ	レ	レ
小松 着	1411	1433	レ	1534	レ	1635	1709	1729
	レ	レ	レ	レ	レ	レ	レ	レ
加賀温泉 発	1420	1443	1525	1543	レ	1645	1718	1739
	レ	レ	レ	レ	レ	レ	レ	レ
芦原温泉 着	1430	1454	レ	1554	レ	1656	1728	1750
	レ	レ	レ	レ	レ	レ	レ	レ
福井 着	1440	1505	1543	1605	1643	1707	1738	1802
	レ	レ	レ	レ	レ	レ	レ	レ
鯖江 発	レ	1515	レ	1615	レ	レ	1748	レ
武生 発	1453	1520	レ	1620	レ	1720	1753	1817
	レ	レ	レ	レ	レ	レ	レ	レ
敦賀 着	1512	1540	レ	1641	レ	1740	1812	1838
	レ	レ	レ	レ	レ	レ	レ	レ
長浜	レ	レ	レ	レ	レ	レ	レ	レ
近江今津 着	レ	1605	レ	レ	レ	1805	レ	レ
	レ	レ	レ	レ	レ	レ	レ	レ
堅田 着	レ	レ	レ	1723	レ	1824	レ	レ
	レ	レ	レ	レ	レ	レ	レ	レ
京都 着	1607	1637	1706	1738	1806	1839	1906	1935
	レ	レ	レ	レ	レ	レ	レ	レ
新大阪 着	1629	1702	1728	1802	1828	1903	1928	1959
大阪 着	1633	1707	1732	1806	1832	1908	1932	2003

＊雷鳥42号は日曜運転

していたところ行き着いたのが、今日この病院に運ばれてきた長園氏だったのです」

「その方は、この事件とどういう係わりがあるのですか？」

「あの日兄が泊まっていたホテルにむりに頼んで宿泊客名簿を見せてもらい、何か情報を持っている人がいないか聞いて回ったところ、東京在住でその晩同じホテルに宿泊していた長園氏が、兄の無罪を証明してくれそうな情報を持っていることがわかりました。長園氏は、兄と面識があったわけではありませんが、あの日ホテルにいて、兄たちがルーシーさんのことを心配している様子を目撃したそうです。兄が“My wife was rudely strangled....”と女性社員に語っていた現場に居合わせて、その話を横で聞いたそうです。電話で質問したところ、『自信はないが、たしかにお兄さんの言うように、“robbed”でなく“rudely”と言っていた気がする』と答えてくれました。これは兄の無罪証明の一助になると意を強くしていたところ、さらに長園氏は、事件当日の夕方大阪駅で、ルーシーさんの姿を見たような気がするとおっしゃったのです。

『金髪の外人女性ですから、結構人目をひくものがあって気づきました。後で、被害者の写真を見せてもらって、それがあの人だと思い当たって……』

『それは何時頃です？』とぼくが訊くと、驚いたことに午後五時二十分頃のことだと言うのです。それを聞いたとき最初はおかしい、と思いました。だって大阪駅に午後六時三十二分に到着する特急列車に乗っているルーシーさんが、その一時間以上も前に大阪駅にいるなんてありえないはずですから。でも、もし長園さんの証言が正しく、ルーシーさんが指定の特急列車より先に大阪に着いていたとしたら？　もしそうだとすれば、ハーバー氏のアリバイが成り立たなくなります。ハーバー氏は、午後六時までに、大阪駅からほど近いＤ市の五右衛門井戸の近くでルーシーさんを殺害し、それから神戸に向かうことができます。死亡推定時刻からみても、その犯行は可能です。ただわからないのは、もしそうだとすると、なぜルーシーさんがぼくに嘘をついて、ぼくが用意したのより早い列車で大阪に行ったかです。

その事情を調べるために、東京に住む長園さんに会いに来たところで、この轢き逃げが起こったというわけです。ぼくは確信しました。この轢き逃げもまた、ハーバー氏の差し金によるものだということを。兄に不利になるように証言をしているのが、皆ハーバー氏に仕える社員たちなのも、その傍証です。ルーシーさん殺害の黒幕は、彼に違いありません――」

そう意気込んだ口調で言って、三河青年はテーブルをバンと叩いた。

「ふむ。大体話はわかりました――」そう言って新涼は立ち上がった。「少々お待ちいただけますか、探偵師に少し相談したいことができましたので」

新涼は奥の部屋に入り、電話を掛けている様子だ。「ええ、星野さん」という声が洩れ聞こえてくるところからして、外にいる星野探偵師に、この事件のことを相談していると思われた。

しばらくして、新涼は部屋にもどってきた。「お待たせしてすみません。大体、メドがたちました」

「事件の解決の糸口となりそうなものが、わかりましたか？」

「ええ、多少は――」新涼は、手元にある時刻表をとりあげて言った。「この時刻表から、事件の鍵が読み取れるように思われます――」

「何が読み取れるのです？」

「その話をする前に――この件については、お二人で話したいので、その……」新涼はそこで口ごもり、ナオミの顔を見つめた。ナオミはきょとんとした表情で新涼の眼を覗き込みかえした。

　三河は少し戸惑った様子で、首を左右に振って、

「ナオミが退席した方がいいということですか？」と訊ねた。

「ええ、率直に申して、そういうことです」

　訝しげに首を傾げながらも三河は、英語でナオミになにか説明をしていた。ナオミは頷いて立ち上がり、部屋から出て行った。

　ナオミが退室したのを確認して、新涼は満足そうにうなずいた。

「それで結構です」

「どうして彼女に退席を求めたんです？」

「その質問にこたえる前に、一つ確認したいことがあります。あなたが、ルーシーさんと金沢駅で別れる前に彼女に渡した乗る列車に関するメモ、それには、特急列車の金沢駅の発車時刻が書いてありましたか？」

「ええ、書いたはずですが、それが何か？」

「その時刻をどのように書いたか、このメモに再現してみせてください」

鉛筆とメモ帳を渡された三河は、言われたとおり、そのメモ用紙に「16：02」と書き込んだ。そのメモを見て新涼は満足そうに頷いた。

「予想通りでした。これで推理のピースは完成しました」

「どういうことです？」

「日本人は年月や時刻を書くとき、普通は大きな単位から順番に書いていきます。年、月、日、時、分、秒の順ですね。しかし、欧米ではむしろ逆順が普通です。今日、二〇〇四年十二月二十四日もあちらの書きかたでは、24／12／04となるのが普通です。ですから、その書きかただと、アメリカ人であるルーシーさんには、十六時二分でなく、二時十六分と読めてしまう。そのせいでルーシーさんは午後四時二分発のサンダーバード三六号ではなく、午後二時十六分発の特急雷鳥三〇号に乗ってしまったのでしょう。時刻表を見れば、そのことが読み取れます。これが彼女が予定より早く大阪に着いた真相ですよ」

「えっ、しかし、ぼくはちゃんと『サンダーバード』と特急名を明記しました。二時十六分に金沢を発つのは別の名前の特急――『雷鳥』ですよ。時刻の誤解が生じるのは、今の説明でわかりますが、なぜ名前まで違っている列車に彼女が乗るんですか？」

「『雷鳥』と『サンダーバード』ですよ。よく読み比べてください。ルーシーさんは、漢字を少し勉強しかけていたのでしょう。それなら、駅のホームにいる特急列車に掲げられた漢字を見て、意味を調べるかなにかしたのではありませんか。『雷』を和英辞書で引けば、thunder、『鳥』はbird、つまり『雷鳥』を英訳すれば『サンダーバード』となるわけですよ。あなたが彼女に渡したメモは、英語で書かれていたのでしょう?」

「は、はい、たしかに――」三河は少し考えて、思い当たったように手を叩いた。「そう言えば、ルーシーさんは、初学者向けの漢字―英語辞書を持っていました。それを使うと、発音がわからずに字が読めなくても、漢字の形から英語の意味が調べられるのです」

「そういうものを使った可能性はあるでしょうね。あるいは彼女は、あなたが渡したメモにある“THUNDER BIRD”という特急名を、あらかじめ自分で英和辞書で、〈雷〉と〈鳥〉という漢字の意味になると調べておいたのかもしれませんね。だから、彼女はあなたが英語で書いた『サンダーバード』という特急名が、駅のホームにある『雷鳥』のことだと思い込んだ。本当は『雷鳥』と『サンダーバード』は別々の特急なのですが、英訳すれば同じであることから生じる誤解があったわけです。出発時刻も、16:02、つまりアメリカ式では二時十六分と読める。だから彼女は、午後二時十六分発の『雷鳥』に乗り込んでしまったわけです」

「なるほど、そういうわけですか」三河は手をぽんと叩いて大きく頷いた。「それでわかりました、彼女が早い時刻に大阪にいたわけが――だとすると、ハーバー氏のアリバイは崩れます。兄でなく、彼が犯人であるとみていいわけですね?」

「それについては、私はまだ何とも――ただ、その事件の被害者であるルーシーさんが何故予定よりも早く大阪に現れたのかという謎に関しては、解明することができたと思いますが――」

「ありがとうございます」そう言って三河青年は、新涼の手をぎゅっと握った。「それだけわかれば充分です。大阪に戻ってこのことを伝えれば、兄の無罪を証明する充分な証拠となります」

　力強くそう言ってから三河は、ちょっと首を傾げて、

「でも先生、どうしてナオミに席を外させたんです？　このことを彼女に聞かせるのが、なにかまずかったんですか？」と訊いた。

「いえ、ほんの臆測というか懸念があっただけです。確証があるわけではないのですが——」

「なんの懸念です？」

「お兄さんの無罪を証明する有力な証言ができる長園さんという方が、なぜこうも手際よく、先回りされたかのように、車に轢かれたのか？　——そのことを考えたときに、彼の居場所を黒幕に伝える情報役がいると考えるべきだろうということに思い当たりましてね——」

「まさか、それがナオミだと……？」愕然とした表情で三河が訊きかえす。

「いえ、何も確証はありません。ただ、ナオミさんが、やはりハーバー氏の会社にいた者だと聞いて、そういう可能性は捨てきれないと思いましてね……」

　少し沈黙して三河は首を振った。

「たしかに……言われてみれば、いくつか思い当たるところがあります。ときどき、ぼくから隠れるようにして相手のわからない電話をかけているのを見たことがあります。思えば最初にぼくにアプローチしてきたときのやりかたも、少し不自然なところがありました。表面は親切で優しくふるまっているのですが、どこか彼女にはよそよそしい雰囲気を感じましたし……。長園氏に会いにいく予定や場所も、彼女なら前もって知ることができました。たしかに……おっ

しゃるとおりかもしれません。いま先生にうかがったことは、彼女には言わないようにします。本当に、なにからなにまでありがとうございました」

そう言って三河は深々と頭を下げた。

（参考文献：牧逸馬『世界怪奇実話』現代教養文庫）

疑惑の天秤

＊

英二《えいじ》が通りを歩いていると、桃の花の香りがしてくるのに気づいた。振り向くと、自分が小さな花屋の前にいることに気づいた。兄夫婦の宅を訪ねるのは、ひさかたぶりなので、手みやげに花でも買っていこうかと思いついた。義姉の佳代子《かよこ》は、割合赤系統の色を好んでいると兄から聞いたことがあるのを思い出し、桃色の花を中心に見繕ってもらったのを買った。

英二の兄の碧川栄一《みどりかわえいいち》は、小説家を名乗っているが、実態はむしろ雑文書きである。これまで一番売れた本は、小説ではなく、文章の書きかたの指南書だから、世間的には小説家としての認知度はあまり高くない。今は小説講座の講師としての収入の方が、むしろ多いくらいだとも聞いている。

四年ほど前に刊行した、その指南書の印税によって、ある程度まとまった収入を得た栄一は、今北市の中心部の繁華街から少しはずれた、住宅街の小さな一戸建てに引っ越した。弟の英二は、一九八三年の春に大学を卒業し、その後の三年間は、R――銀行に勤めていて、兄と違って結婚はしていない。昨年度まで英二が大阪支店に勤務していた間は、兄夫婦と顔を合わせる機会はほとんどなかったが、この十月に今北市の支店へと転勤になったのを機に、勤務先の近所にある兄夫婦の住まいを一度訪ねてみようと思い立ったのである。

編集者からの電話をおそれるためか、兄の家に電話をかけても、通じないことが多い。今年の九月に今北市の支店に転勤が決まったときに、兄の家には、その旨知らせる葉書を送ったら、佳代子の字で、「お近くにいらした際はいつでもいらして下さい」という内容の丁寧な礼状が返ってきた。文面は、栄一・佳代子の連名になっているが、達者で流麗な毛筆で書かれ、佳代子一人が書いたと察せられた。

栄一は、前々から悪筆で有名で、編集者の間でも、「あの人の書いた文字はさっぱり読めない」ということが定説になっている。文筆業が仕事になってからは、清書を受け持つのは、佳代子の仕事になっているらしい。栄一がノートに書いたものを、佳代子が清書して編集者に渡すのが常だそうだ。最近は、ワードプロセッサーなる高価な機械も登場して、早いもの好きな者の中には、数十万円もする機械を導入している者もいると聞くが、兄はそういうものにはあまり関心を示さず、十年来の執筆スタイルを固持し続けているようだ。一説では、栄一の乱れた字を判読できるのは佳代子しかいないという話もあるので、他に読める人がいなければ、万が一佳代子がいなくなったら兄はどうするつもりだろうと考えたりすることもあった。

街燈がぽつりぽつりと灯り始めた薄暗い道路を歩いていくと、じきに閑静な住宅街の中に、椿やネズコの植え込みで仕切られた、兄夫婦の小さめの一軒家が見えてきた。門の左手には、あまり大きくないガレージがあり、白いカローラが置かれていた。英二は、小さな石造りの門柱の前に立ち、呼び鈴を鳴らそうとしたが、家の中から、何やら変な、騒々しい物音が聞こえてくるのを耳にして眉を顰《ひそ》めた。

（……何だろう？）

中から聞こえてくるのは、男女の甲高い喚《わめ》き声ないし悲鳴のような声である。同時に、ドタバタと何かがぶつかったり落下したような音がし、ガチャンとガラスか陶器が割れたような音が耳に飛び込んできた。

ちょっとびっくりして呼び鈴を鳴らそうとした手を止めて、耳を澄ましてみると、聞こえてくる人間の声は、屋内からで、兄夫婦のもののようだ。双方ともひどく興奮して、相手をののしっているらしいのがわかる。これだけ大声でわめけば、近所一帯に声が届くのは明らかだが、二人とも外聞をはばかる余裕はないらしい。

（……夫婦喧嘩？）

とんでもないタイミングで来てしまったな、と英二は溜め息をついた。栄一と佳代子が結婚してから、もう五年近くになる。英二の知るかぎりでは、二人は仲睦まじい夫婦に見えたのだが、この数年は、疎遠になっていたこともあり、夫婦仲の実情は知らない。この喧嘩の激しさから察するに、互いの間に相当大きな憎悪と不信がみなぎっているように思われた。

厄介事に巻き込まれるのはいやなので、このまま素知らぬ顔をして、引き返そうかとも考えた。しかし、今日この時刻に自分が訪ねてくることは、連絡済の事柄であるはずだ。持ってきた手みやげもある。

勇を鼓して、呼び鈴を鳴らすと、中の二人とも、外来の客の存在に気づいたせいか、突然ぴたりと声と物音が止んだ。しばらく沈黙が流れ、英二は、じっと辛抱強く門のところで待った。

やがてパタパタと足音がして、佳代子が玄関の扉から顔を出した。

その顔を見て、英二はちょっと驚いた。髪がほつれ、目の下に隈《くま》ができ、英二が知っている美しかった佳代子とは、うって変わった窶《やつ》れぶりである。首筋に青痣のようなものがあるのが見え、たった今の喧嘩で傷つけられたのかとも思える。見るからに、たった今まで取っ組み合いの喧嘩をしていたと言わんばかりの容貌である。

「あら……英二さん。いらしてたんですね」佳代子は、無理に繕ったような笑みを浮かべたが、その表情は痛々しかった。「ごめんなさい、今取り込み中で……」

「どうしたんですか、義姉《ねえ》さん?」と言いながら、英二は、門を自分で開け、玄関の方に近づいていった。「兄さんと喧嘩ですか?」

「まあ、その……」と佳代子は、気まずそうに言葉を濁した。

「英二。来ていたのか」と声がし、佳代子の背後に、兄の栄一も現れた。

彼もまた、髪がほつれ、頬に引っ掻き傷があり、たった今まで派手な格闘をしていたのかと思わせるほど、服装が乱れていた。

(……相当ひどい喧嘩だな)

夫婦揃っての惨状を見せつけられ、英二は、言葉を失った。お決まりの挨拶文句も、こんな状況では、そぐわなく感じられる。なんと声をかけてよいか迷っているうちに、栄一が「まああがれ」と、スリッパを用意してくれたので、英二は「どうも」と一礼して、家にあがることにした。

「そう言えば、今日はおまえが訪ねてくる日だったな。何も用意していなくてすまん」

栄一は、傷ついた頬をさすりながら、つとめて感情を抑えつけるような素振りでそう言ってから、佳代子に訊いた。「料理の用意はできてたかな?」

「いえ、まだ、あまり……」佳代子は、気まずそうに、夫と目を合わせないで答えた。

「では急いで準備しよう。俺も手伝う」

「はい……」

「英二は、客間で待っててくれ。テレビでも見ているといい」

「はぁ……」

「栄一さん、あそこの部屋は、ちょっと……」と佳代子が言う。

「あっ?　そうか、ちょっと散らかっていたな。急いで片づけよう」

二人に連れられて案内された客間は、散らかっているというより荒らされていると言った方がいいくらいの惨状を呈していた。栄一と佳代子は、二人して急いで床に散らばった紙や小物を拾い集め、割れた食器を片づけた。

「すまんな」頭をかき、栄一は英二に謝るような素振りをしたが、理由ははっきり説明しないで、妻とともに台所に引き上げてしまった。

（どうしたものだろう？）

（理由を訊ねた方がいいのかな？　それともあえて訊かない方が……）

結婚したことのない英二にとっては、夫婦生活の機微はわからないし、兄たちの夫婦生活の内情もよく知らない。この程度の喧嘩などよくあることだと見過ごしてよいものなのか、それとも、深刻な事態を迎えているとおぼしき夫婦の仲裁に自ら乗り出すべきなのか。

大あわてで片づけたとは言え、まだ室内はあちこちが散らかったままである。窓のカーテンは、一部がちぎれてレールからだらしなくぶら下がっている。なんとはなしに室内を見回していた英二の視線は、やがてソファの下に落ちていた、紙きれへと引きつけられた。さきほど二人が急いで片づけたときには、ソファの隙間に落ちていたために、見落とされたもののようだ。英二はその紙を何気なく拾い上げてみた。便箋のような上質紙に、万年筆かボールペンで、細かい文字が丁寧に綴られている。

半ば無意識に、英二は、そこに書かれた文章を目で追い始めた。そこに書かれていたのは、以下のような文面だった。

「尊敬する碧川さま
いきなりこのような手紙を差し出すご無礼をお許しください。
あなたは、私を知らないはずですが、私はあなたがたご夫婦を知っています。私は、碧川さまの小説の読者です。そして小説作品を通じて、あの方の高潔なお人柄を信じていたのに、あの方がひどい裏切りをしていることに、私は憤慨せずにはいられませんでした。あの方は、鳥籠から出された鳥のように、楽しそうに翼を広げ、放縦《ほうしょう》に耽っています。あの方は、あなたの知らないところで、あなたに近しい、ある方を自分のものにしたのです。あの方は、その魅惑的な容姿と言動で、さる方を惑わし、はっきり口にするのも憚《はばか》られる、所行に及んだのです。あなたは、この裏切り者の名前をお知りになりたいでしょうか。ここまでお読みになれば、薄々察しがついておられるかもしれません。ですが、ここでその名は明かさないことにします。あなたに近しいあの方の行動をよく観察してごらんなさい。あなたが騙され続けているのはだいぶ前からですが、あなたに見抜かれないよう巧妙に振る舞っているのです。

私がこのような手紙を匿名で出すことにしたのは、他でもありません。あなたの高潔な人柄を信じてのことです。もしこの内容が信じられなければ、居間にかけられた額縁の裏を探してごらんなさい。そこにたぶん写真が隠されているはずです。なぜ私がこんなことを知っているかと言うと、たまたまあなたがご不在のおりに、近所を通りかかった際に、その額縁のところに写真をはめこむ姿を目撃したことがあるからです。そこに何が写っているかをごらんになれば、きっとおよその事情が察せられるはずです。

あなたが永遠に知らない、あなたに好意を抱いている人物より」

一回読んで、よく意味がつかめなかった英二は、もう一度その文面を通して読み返してみた。

どうやら、それは匿名の手紙で、「碧川さま」という宛名からして、この家に投函された手紙の文面のようだ。そして、この内容は――？

（不倫の告発……？）

匿名の差出人は、碧川に愛人がいることを相手に告発しようとしているようだ。それが事実としたら、夫婦関係にとって由々しき事態だが、匿名でこんな手紙を書いて差し出し、この家を知らない間に覗き込んだと称する、この手紙の差出人の存在にも不気味さを感じる。

（これが……今の夫婦喧嘩の原因となった？）

（この手紙のせいだろうか？）

そんなことが頭の中によぎったが、思考が混乱してまとまりがつかない。

この文面をそのまま持ち帰るわけにはいかないが、なにか大事なことを告げているように思えてならないので、英二は、急いで手帳を取り出し、そこに書かれている文面の内容を、自分の手帳に書き写した。

書き写し終えて、もう一度その手紙を観察していると、料理を持った佳代子が、部屋に入ってきた。彼女が近くに来るまで英二は気づかなかったので、手紙を読んでいた顔をあわててあげ、悪いことをしているのを見つかった生徒のように、急いでその手紙を元の場所に戻した。

「英二さん……あら？」佳代子は、英二が、今まで読んでいた紙を目で追って、彼が何を読んでいたかを素早く察知した様子だった。「それをごらんになった？」

「あ、いや、そこに落ちていたもので、つい……」

「それは……」料理の盆を英二の前に置きながら、佳代子は、声をひそめ、英二に顔を近づけて言った。「後でご説明しますわ。あの人には、それを読んだことは言わないでくださいますか」

「でも、なぜ……?」

「それも後で説明します。食事のときは、どうか普通にしていらしてください」

「は、はい……」

低い声だが、有無を言わせぬ口調だったので、英二は、思わずびくりとして、佳代子の言に頷いた。何か、普通は立ち入ることが許されない、碧川家の内情に知らないうちに踏み行ったような感じで、どこか不安で、おちつかない気分にさせられる。

(変なことに巻き込まれなければいいけどな……)

しばらくして居間の食卓に料理が並べられ、英二は兄夫婦と同じ席についた。兄夫婦は平静を装ってか、快活そうに談笑しながら食事をした。英二は食事の最中、兄からビールを勧められたが、アルコールを摂取する気分ではなかったので断った。気分がひっかかるせいか、出された料理を食しても、一向においしく味わうことができない。兄は楽しそうに笑ったり話したりはしているが、どこか表情がうつろで、うわの空の様子だった。

(平和そうに話しているが……)

(これも自分向けの演技なのかな……)

食事が終わった後、栄一は、煙草を買ってくると称して、外に出て行った。

夫が外に出たのを確認してから、佳代子は、さきほどまでとはうって変わった、強張《こわば》った表情を英二に向けた。

「英二さん、さっきのあれ……？」

「すみません、落ちていたので、つい……」

「どういうことが書かれていたか、わかりました？」

「匿名の手紙ですか？　不倫を告発するような内容の？」

「そうなの。あの人、ずっと私に隠してるけど、よそで別の女性と付き合っているみたいなのよ。薄々疑っていたんだけど、今回のこの手紙のおかげで、状況がはっきりしてきたの……」

「この手紙にあったとおり、写真があったんですか？」

「そう。そのとおりよ」

「そのせいで、ぼくが来たときに、口論なさってたんですか？」

「そうなの。私、これ以上、あの人と結婚したままでいるのは耐え難いのよ」

「というと、兄と別れることを考えているということですか？」

「ええ。それも納得できるだけの慰謝料をもらった上での」

「でも、そんな話は、もっときっちり事実関係を確認してからの方が……」

「ええ。今すぐって話じゃないわ。私もちゃんと段取りを踏んでいくつもりよ。そのうち弁護士に相談に行くことも考えているけれど、まだそこまでは実行していないし」

「でも……」と英二が言いかけたとき、佳代子が「しっ！」と英二の口を塞いだ。

　玄関に音がして、栄一の戻ってきたらしい足音が廊下をつたってくる。兄の、煙草買いの散歩は、ごく短時間ですんだようだ。

「また、この話は、あらためて……」

そう言い残して佳代子は、戻ってきた夫の方に駆け寄って、何か耳打ちをし始めた。

ひさしぶりに訪ねた兄の家で、いきなり予期せぬ修羅場に巻き込まれた感じで、英二は、どう対応してよいか、半ば途方にくれていた。

あまり長居したい気分でもなかったので、午後九時前の時間になって、英二は、暇乞いをして、兄の家を出た。「もっとゆっくりして行けばいいのに」と一応栄一は声をかけてくれたが、あまり本心からの申し出ではなさそうな口ぶりだった。

夜道を戻りながら、英二の頭の中には、さまざまな思いが渦巻いていた。

（それにしても……）

（兄さんたち、どうなるのかな……？）

（田舎のおふくろに報告した方がいいのかな……？）

＊

次に英二が兄に遭遇したのは、まったくの偶然だった。引っ越してきたばかりで、まだ陣容が整わない自分の住まいに、新しいステレオセットを一式導入しようかと考えて、翌週の土曜日、英二は、今北駅前の繁華街にある、電機店で音響製品を物色していた。

店内で色々な製品を見ていた英二の目に、ふっと外のガラス窓越しに、見知った男の姿が写った気がした。視線を向けると、間違いなく、自分の兄の姿だ。茶色い上着を羽織り、口にはくわえ煙草をして、いつものラフな恰好をしている。その隣りに若い女性がいるのも見えた。その女性の容貌は、はっきりは見えなかったが、明らかに妻の佳代子とは別人の、もっと若い女性と見受けられた。その女性が、栄一と楽しそうに談笑しながら歩いているのが見えた。その二人の様子からして、ちょっとした知り合いというよりは、もっと親密な関係にあるらしいのが窺える。

（あれが……？）

（兄の恋人《あいて》か……？）

あとをつけよう——英二は咄嗟《とっさ》にそう決断した。先週佳代子に告げられたことが、ずっと頭に引っ掛かっていたせいもある。もしあの女性が一人きりになるところがつかまえられれば、直接事情を問いただしてみようと考えた。

しかし、当面は、兄たちに気づかれないように、距離を置いて、こっそりあとをつけることにした。

人ごみのする通りで、二人を見失わないあとをつけるのはかなり難しかった。しかし、二人とも、周りの目を気にしている様子はないから、なんとか、兄たちに気づかれないように、英二は後を追うことができた。

のぼりに傾斜している舗道を進み、やがて二人は、「おいしい珈琲」という看板を出している喫茶店に入った。店に入り、通りに面した一面ガラス張りの窓の近くの席を二人は陣取った。

英二は、二人に見つからないように注意しつつ、相手の女性は、どんな容貌をしているのか、さりげなくこっそりと通りから覗き込んだ。青いジャケットと短いスカートを着たカジュアルな服装で、まだ学生かと思える若さだ。

その顔を見て、英二ははっとした。

(似ている……！)

その女性は、英二の知り合いではなかったが、明らかにその容貌は、英二の知っている女性に酷似していた。くっきりした目鼻立ちと、厚めの唇に、少し垂れ気味だが形のよい眉をもつ容貌が、碧川佳代子に瓜二つなのだ。佳代子が十年若返ったら、こんな容貌をしているに違いないと思わせるものがあった。一瞬英二は、佳代子が若作りをしているのかと疑ったが、どう見ても、その女性とは年齢が違い、同一人ではないのは確実だった。

(佳代子さんの妹か？)

(だったら、別に浮気の相手というわけじゃ……)

そう考えかけて、英二は、首を振った。栄一と一緒にいた女性が、妻の妹だからと言って、浮気の相手でないとはかぎらない。だが、現段階では、そうと決めつけるわけにはいかない。仮に二人が一緒にホテルにでも入っているのを目撃したなら話は別だが、そういうわけではないのだ。さしあたっては、なんらかの事情で、親戚の二人が一緒にいるというだけである。

近くに公衆電話のボックスが見えたので、英二は、佳代子に電話して、妹がいるか訊ねてみようかと思いついた。

ボックスに入り、急いでダイヤルを押して、兄の自宅に電話をかけると、すぐに佳代子が出た。

「もしもし、こちら、英二ですが――」

「あら？　英二さん？　どうなさったの？」

「義姉さん、ちょっとつかぬことをお伺いしますが――」

「はい？」

「義姉さんには、妹さんはいらっしゃいますか？」

「え、どうして？」

自分の発言に対して、急に佳代子の声が強張ったものになったのを英二は感じた。

「いや、ちょっと、町を歩いてたら、たまたま姉さんによく似た女性を見かけたもので――」

「いないわよ、あたしに妹なんて――」

不機嫌そうにそう応えて、佳代子は電話を切ってしまった。

（妹がいない……？）

しかし、英二の見るところでは、あの女性は、他人の空似というには、あまりにも佳代子に似ていた。

（どういうことだ……？）

兄たちの入った喫茶店に戻ってみると、二人は、話を終えて、ちょうど店を出ようとしているところだった。英二は、あわてて見つからないように、通りの隅に身を隠したが、兄と相手の女性は、そこで挨拶をして別れて行った。

（もう別れた……？）

（やっぱり男女関係のある同士ではないのかな？）

もう引き返そうかとも思ったが、義姉と容貌が似ている女性のことがどうしても気になる。直接話して事情を聞いてみよう――そう決断して、英二は、兄と別れた女性の後を追った。

駆け足で追いかけて、すぐにその女性に追いついた。

「あの、すみません」と言って、英二は彼女の肩を軽く叩いた。

「結構です」

駅の周辺に大勢いる、街頭セールスか宗教勧誘の類と思い込んでか、彼女は、英二の手を払いのけて、急ぎ足で去ろうとする。

「あ、そうじゃないんです。ぼく、碧川栄一の弟の英二という者です」

その言葉に彼女はぴくりと反応して立ち止まった。

「碧川先生の弟さん……？」

「ええ、今さっき、たまたま兄の姿を路上で見かけて、声をかけようかと思ったんですが……」

「まあ。碧川先生には、いつも親切にしていただいています」そう言って彼女はぺこりと頭を下げた。「私、見染琴美《みそめことみ》と申します」

「あの、失礼ですが、兄とはどういうお知り合いなんですか？」

「碧川先生は、小説講座の先生です。私、そこの受講生の一人で、いつも小説を、碧川先生に見てもらってます」

「小説講座？　とすると、あなたは作家志望でいらっしゃる？」

「はい。碧川先生によくしてもらったおかげで、今回投稿した私の小説、最終候補に残されたって通知を、先週もらったばかりなんです。それで、いつも一番よく面倒をみていただいている碧川先生に真っ先に報告しなくちゃって思って——お忙しい先生をお呼び立て申し訳なかったんですが——」

「そういうことですか……」

その話を聞いて、一応、この見染という女性と兄の係わりはわかった。兄が小説講座の講師をしているのは知っている。そこの講座の生徒の女性だというわけだ。

しかし、まだ彼女と兄の関係の疑念が完全に払拭されたわけではない。義姉が疑っている夫の浮気相手が、この、目の前にいる、彼女とよく容貌の似た女性である可能性は、まだ完全に否定されたわけではない。

「あの、さっきちょっと驚いたんですが……」

「はい？」

「さきほどあなたが兄と一緒にいるのを見たとき、最初は夫婦でいるのかと思いました。でも、よく見たら、横にいる女性は兄の奥さんではなくて、あなたでした。でも、ぼくの目には、びっくりするほど、義姉さんとあなたがそっくりに見えました。失礼な質問をして恐縮ですが、もしかして、義姉さんと血のつながりがあるんですか？」

英二がその発言をしている間、ずっときょとんとしていた彼女は、最後まで聞くと、「ああ」と納得したような顔をした。

「そうです。佳代子さんと私は、父親は違いますが、母親が同じです。ですから、父親違いですが、血がつながった姉です」

「そうなんですか？　佳代子さんに前に兄弟姉妹のことを訊ねたら、誰もいないと答えられたものだから、てっきり――」

その言に彼女はちょっと寂しそうな表情をして、

「姉は、私なんかを血縁者とは認めてないいんです――」と言った。「母が最初に離婚したとき、佳代子が預けられたのは、父方の方なんです。ですから、血縁とは言っても、姉の佳代子が育てられたのは、私とは別の、父親一人の家庭なんです。ですから、血のつながりはあっても、私たちは、今まで、ほんの二、三度挨拶程度の言葉をかわしたことがあるくらいの間柄でしかないんです――」

「そうなんですか――」

初めて英二は、兄の配偶者の複雑な家庭事情を知らされた。兄が結婚したときも、式はあげず、身内にも結婚を通知しただけで、誰一人親族も呼ばなかったのを英二は思い出した。

「ですから、小説講座で先生を担当していただいている碧川先生が、まさか姉の佳代子の結婚相手だとは夢にも思わず、初めてそうと知ったときにはびっくりしました。最初に小説講座に通いだしたときは、全然そんなことは知らなかったんです」

「なるほど――」

「ごめんなさい」と言って見染は、細い腕にはめた、可愛いピンク色の腕時計を見た。「あたし、これからアルバイトがあるんで、もう行かないといけないんです――」

「ああ、引き止めてごめんなさい」

「もし私が小説家としてデビューできたら、お祝い会には是非来てくださいね！」

元気に弾けるような声でそう言われて、英二は「え、ええ、そうさせてもらうよ」と頷いた。

「じゃあ、今日はこれで失礼します！」

明るい声でそう言って、彼女は、短いスカートの裾をはためかせて走り去って行った。その姿を見て、英二は我知らず、胸がちょっと高鳴るのを覚えた。

（元気な明るい子だな……）

（あの様子じゃ、兄の隠れた情事の相手という風はなさそうだな……）

そう思うと、少しだけホッとする。しかし、兄と佳代子の夫婦関係に関しては、まだ懸念が払拭されていない。

英二は、直接兄に事情を問いただしてみようと決心した。兄弟同士、隠し事をする間柄でもなし、ここは兄に率直に事情を問いただしてみるのがよかろうと考えた。

＊

その翌日。佳代子は、日曜日は英語を習いに日中は出かけていると聞いていたので、その時間帯に英二は兄宅に電話を入れた。期待通り、電話に出たのは、兄だった。

「英二か。どうした?」

「ちょっと聞きたいことがあるんだ。直接会って話ができないかな?」

「それは構わないが、うちの近くにくるか?」

「ぼくの方から出向くよ――」

結局、兄の家の近くの喫茶店で落ち合うことになった。

「一体、どうしたんだ?」栄一は、英二の向かいの席に坐るなり、そう訊いてきた。「あらためて聞きたいことがあるというのは?」

「実は――」

英二は、包み隠さず、先週栄一の家を訪ねたときにたまたま読んだ便箋の手紙文のことから、佳代子から聞かされたことまでを兄に打ち明けた。

瞑目してじっと静かに英二の話に耳を傾けていた栄一は、弟の話が一段落すると、

「そのときおまえが読んだというのは、どういう文なんだ?」と訊ねた。

「実物じゃないけど、そのとき写したものがある」と言って、英二は、手帳に書き留めた文面を兄に見せた。

栄一は、しばらくの間、顰め面をしてその文面を読んでいたが、やがて、「ああ、これか」と言っ

てぽんと手帳をテーブルの上に置いた。

「これをおまえは、匿名人が、俺の浮気を告発した手紙の文面と受け取ったわけか?」

「そうではないの?」

「よく読んでみるといい。これは、妻にあてて夫の浮気を告発した文章か、夫にあてて妻の浮気を告発した文章か、どちらかはっきりしないだろう」

「そう言えば……」

そう言われてあらためて文面を眺めると、たしかに、この手紙は、相手を男とも女とも区別できない名指しで、曖昧に書かれている。

「これは、あのとき片付けそこねたもっと長い手紙の一部だ。そして、この手紙は、おまえだ想像しているのとは逆に、佳代子の浮気を暴露する俺の知人からの告発文なんだ」

「兄さんの知人の?」

「ああ。匿名を装っているが、俺には誰が出したか見当がついている。だから、佳代子がおまえに言ったことは半分以上でたらめだが、一つだけ正しいことがある。それは、俺の方でも、あいつとの離縁を考えていることだ。しかし、その破綻の主因は、あいつにあって、俺にはない。だから、慰謝料が発生するとしたら、払う責任を負わされるのはあいつの方だ。もっとも、自分で稼ぎのないあいつに、そこまで請求するつもりはないがね。あいつは、おまえにこの手紙を見られて、咄嗟に自分の立場をかばう嘘をついたのさ」

「そ、そんな」

「近いうちに離婚のことでは、知り合いの弁護士に相談に行くつもりだ。今日もあいつは、習い事と称して、出かけているが、おそらく今あいつは、外で男に会っているはずだ。俺は知ってて泳がせている」

「それは確実にわかってるの?」

「うむ、まだ決定的な証拠を得たわけじゃないが、ほぼ確実なことだ。止むを得ない必要があれば、私立探偵を雇って、あいつの浮気の、決定的な現場の写真を撮らせることも考えているんだがね」

「でも」と英二は首を振った。「あの人が、そんなことをしているなんて、信じられないな……」

「あいつは海千山千さ。しとやかな顔をして、腹で何を考えているか、まったく知れたものじゃない」苦々しそうに栄一はそう言った。「正式に離婚が決まったら、またおまえのところは連絡する」

そう言われて英二は沈黙した。しかし、兄の言葉で、兄が浮気している疑惑が完全に払拭されたわけではない。夫婦どちらの主張が正しいのか、まだ英二には何とも判断がつかなかった。

「ところで、繁華街でちらと義姉さんに似た若い女性と兄さんが一緒に歩いているのを目撃したんだけど——?」と英二が言うと、

「あの子は、小説講座に来ている生徒で、うちの佳代子とは父親違いの妹だ」とあっさり栄一がこたえた。

その点に関しては、路上で琴美から聞かされたことが、兄の口からも裏付けられた。ためらわず説明してくれたことからすると、別に彼女との係わりを隠しているわけではないらしい。その点に関してはすっきりした気になったが、肝心の兄夫婦の浮気問題に関しては、宙吊りの疑念に苛まれたままだった。

兄と別れた帰り道、英二は、道の向こうからやってくる男女の姿に気づいた。女性は、碧川佳代子だった。その横には、英二と同世代と思われる、ハンサムな容貌をした男性が並んで歩いている。この場で佳代子で顔を合わせるのは気まずいと思って、英二は、咄嗟に角を曲がり、佳代子たちが近づいてくる道から引きのいた。佳代子は、隣りの男性との会話に夢中で、前方に英二がいたことに気づいた様子はなかった。

（あれが……？）

（佳代子の浮気相手だろうか？）

しかし、それはむろん憶測にすぎず、証明されたものではない。たまたま知り合いの男性と、路上で談笑しているだけかもしれない。

（あるいは、夫婦二人して、それぞれ愛人をもっているのだろうか？）

（どちらにしても、あの二人、互いの心は離れているらしいのは確からしい……）

（永く夫婦でいるわけにはいかないかも……）

そんなことを考えながら、英二は、離れていく佳代子らの姿を、背後の電柱の陰からそっと眺めた。

＊

翌月曜日の勤め帰り、英二は、近所の書店に立ち寄り、ぶらぶらといくつかの本を眺めたりしていた。兄・栄一の新刊小説『反転する鏡』が、置いてあったので、「これはまだ読んでいないな」と思って何気なく手に取った。これは、作者自身が作中に登場する、いわゆるメタフィクションの小説であるらしい。作者と同名の碧川栄一が、作中の主要人物として登場している。その本の、開いたページの本文を何気なく読んでいたとき、英二は、突然はっとさせられた。
そこには次のような文章が書かれていた。

「尊敬する碧川さま
いきなりこのような手紙を差し出すご無礼をお許しください。
あなたは、私を知らないはずですが、私はあなたがたご夫婦を知っています。私は、碧川さまの小説の読者です。そして小説作品を通じて、あの方の高潔なお人柄を信じていたのに、あの方がひどい裏切りをしていることに、私は憤慨せずにはいられませんでした。あの方は、鳥籠から出された鳥のように、楽しそうに翼を広げ、放縦に耽っています。あの方は、あなたの知らないところで、あなたに近しい、ある方を自分のものにしたのです。あの方は、その魅惑的な容姿と言動で、さる方を惑わし、はっきり口にするのも憚られる、所行に及んだのです。

あなたは、この裏切り者の名前をお知りになりたいでしょうか。ここまでお読みになれば、薄々察しがついておられるかもしれません。ですが、ここでその名は明かさないことにします。あなたに近しいあの方の行動をよく観察してごらんなさい。あなたが騙され続けているのはだいぶ前からですが、あなたに見抜かれないよう巧妙に振る舞っているのです。

私がこのような手紙を匿名で出すことにしたのは、他でもありません。あなたの高潔な人柄を信じてのことです。もしこの内容が信じられなければ、居間にかけられた額縁の裏を探してごらんなさい。そこにたぶん写真が隠されているはずです。なぜ私がこんなことを知っているかと言うと、たまたまあなたがご不在のおりに、近所を通りかかった際に、その額縁のところに写真をはめこむ姿を目撃したことがあるからです。そこに何が写っているかをごらんになれば、きっとおよその事情が察せられるはずです。

あなたが永遠に知らない、あなたに好意を抱いている人物より」

（これは……）

（同じだ……）

（あのとき読んだのと……）

念のため、手帳を取り出して、自分が書き写した文章と見比べてみたが、そこに書かれていた内容と一字一句同じなのは疑いがなかった。

（じゃあ……）

（これは一体……？）

（どういうこと……？）

この間英二が兄宅で発見した文面は、兄自身の小説の一節ということになる。ならば、それを書いた兄も、その原稿の清書をしたはずの佳代子も、その文章の由来というか出典が、この『反転する鏡』という小説にあることは承知していたはずだろう。まさか自分の新刊小説に含まれていた手紙文を忘却していたとは考えられない。それなのに、二人ともその真実を英二に告げず、互いに相手の浮気を告発する匿名の手紙であると言い張ったのは、一体どういうわけか。

気になって、いても立ってもいられなくなり、英二は、今から兄の家を訪ねてみることにした。何としても、ことの真偽を問いただそうと心に固く決めていた。

＊

兄の家の前に来たときには、時刻は夜九時近かった。英二はためらいつつ、門のベルを鳴らした。それを聞いて顔を出したのは、佳代子だった。

「あら、英二さん？」

「突然訪ねてごめんなさい――兄さん、います？」

「いいえ、今日は小説講座の後の飲み会で遅くなると言ってましたから――たぶん、十一時過ぎまで帰ってこないと思いますわ。どうなさったんですか？」

「いえ、突然で申し訳ないのですが、ちょっとお伺いしたいことができまして――」

佳代子は不審そうな顔をしながらも、「とにかくおあがり下さい」と言って、英二を中に通した。

英二は、前に来たのと同じく居間に通された。そこは、今日はきれいに片づけられ、整然としていた。しかし、前に来たときは棚に置かれていた動物の置物やタペストリーは撤去され、どこか冷え冷えとした空気が漂っていた。

佳代子は、用意したお茶と和菓子を英二に出しながら、「今日は一体どうなさったの？」と訊ねた。

「本屋でこの本をさっき見つけたんです」

そう言って英二は、今しがた本屋で購入した、碧川栄一・著と表紙に記された『反転する鏡』の単行本を机の上に取り出した。

「夫の著書ですね――小説としては一番新しいものですわ」

「このページを見ました」と言って英二は、問題の手紙文が載っているページを開いてみせた。

「まあ」やっと事情を察して、佳代子は少し顔色を変えた。

「どういうことですか？　あのときぼくが見たのとまったく同じ文章が、この中に載っていますね。あれが匿名の、浮気を告発した手紙の一部だというのは、嘘なんですね？」

そう詰問口調で問われて、佳代子は、うつむき、恥ずかしそうに顔を赤らめた。

「ぼくはあの後、兄さんにも、この手紙のことを訊ねました。そしたら、あの手紙は、自分の浮気を告発したものではなく、あなたの浮気を告発したものだと兄は言いました。しかし、それも今となっては、信用できません。一体、どういうことか、説明していただけませんか？」

「栄一さんは、そんな風にあなたに申しましたか？」

「はい」

「それは、あなたに対して、体裁を取り繕うためですわ。私に罪を被せて、自分への疑いを消したいということですわ」

「でも、ぼくが兄の小説をときどき読むということを、どうして兄は気にしなかったのでしょう？　この新刊を読めば、いやでも、あの手紙のことに気づかされますよ」

「それは、栄一さん自身が、こんな文面が、自分の小説の中に入っていることを知らないためですわ……」

「えっ？」意表をつく言葉が返ってきたので、英二は、一瞬うろたえた。「どういうことです？」

「栄一さんは、だいぶ前から、自分では小説を書けなくなっているんです。だから、最近あの人の名前で出した小説は、みな私が書いたものなんです……」

「え、そんな、まさか……」

「この間、あなたに本当のことを申し上げられなかったのは申し訳なく思っています。ですが、こちらの事情もお察しください。あの人と離婚したいと思っているのは、本当です。ずっと、私が、あの人の名で小説を書き続けているのに、それで名声も富も獲得するのは、あの人。私は、いつまでたっても、自分の名前で本を出すことが許されず、単なる作家の妻でしかない。

もういい加減いやになりました。あの人の名のもとで、自分の小説を発表するのは」

「そんな……佳代子さんは、清書をやっているとは聞いていましたが——」

「でも、こんなことは、いくら弟さんとは言え、言えないと思ったから、あのときは、文面通りの匿名の手紙だと言い繕ったの」

「じゃあ、あのとき喧嘩していたのは？」

「私が、今度から、小説を出すときは自分の名でさせてほしいと言ったら、あの人は、そんなことは絶対に認められないと言って——それで大喧嘩になったんです」

「でも、信じられないな」と言って英二は首を振った。「兄が自分で小説を書いていなかったなんて。初期の頃の作品と最近では、作風がかなり変わってきているとは思っていましたが」

「あの人は、随分前から書かなくなって、私に小説書きの仕事を全部押しつけるだけでなく、自分の名前で刊行されている本にさえまともに目を通しさえしていないんです。ですから、あの人は、あの文面を見せられても、それが自分の本の中にあるとは、まったく気づかなかったんです」

「でも……」

「いきなりこんなことを言われても、お信じになられないのも、無理はないと思います。でも、証拠をお見せしますわ。栄一さんが戻ってくるまで、まだ少し時間があります。兄の仕事場にいらしてくださいますか」

佳代子にそう促されて英二は、今まで足を踏み入れたことのない、奥の栄一の書斎に入った。

部屋の四方のうち窓側を除く三方は、作りつけの書棚にぎっしりと書物が並べられている。中央の書き物机には、真っ白い原稿用紙の束が数百枚積まれ、インク壺と、各種の筆記用具が揃えられている。

「これが、栄一が書き上げたと称する原稿です。ご覧下さい」

そう言って佳代子は、机の横の棚に積まれた、汚く書き込まれた原稿用紙の束をどさりと英二に手渡した。

英二は、その原稿用紙に目を落とした。

迷え
迷え
迷え迷え迷え迷え迷え迷え迷え迷え迷え迷え迷え迷え迷え迷え迷え迷え迷え迷え迷え……。

狂え
狂え
狂え狂え狂え狂え狂え狂え狂え狂え狂え狂え狂え狂え狂え狂え狂え狂え狂え狂え狂え……。

何枚も繰っていったが、どこまでいっても、書いてあるのは、無意味な、同じ単語の羅列に過ぎなかった。

地面がぐらりと揺れるような、眩暈感に英二は襲われた。

（こんな……）

（こんなことって……？）

そういう原稿用紙が、部屋には何百枚と積まれていた。佳代子が、英二を欺くために前もって、こんな大量の原稿用紙を用意していたとは思えなかった。第一、今日自分が訪ねてくるのは、予告も連絡もない、不意打ち訪問だったのだ。

それに、この原稿用紙に書かれている文字の筆跡は、英二の知っている、兄の筆跡である。この書き癖は、人に真似できるものではないから、英二にとって、その原稿が兄の書いたものであることに疑いの余地はなかった。

（でも……？）

（こんな原稿があるにしても……？）

（まともな小説の原稿もどこかにあるんじゃ……？）

そういう一抹の疑いもあったが、この何百枚もの無意味な書き込みをするだけで、何十時間とかかるだろう。常軌を逸したこの原稿を見れば、この書き手である兄が、まともな小説を書いているとは、到底思えない。要するに、動かぬ証拠としてのこの原稿用紙をつきつけられては、佳代子の言を信じざるをえない——そう英二は認めた。

「あの人が書けなくなったのは、突然でした」と佳代子は語りはじめた。「それまでも、あの人の小説を清書しているときに、共同で話を考えたりすることはあって、合作みたいな作業をして小説をつくったこともありました。でも、ある日突然、幼児の落書きとしか思えない原稿を私に渡して、『これを清書して明日編集者に渡せ』と命じられたときは、呆然としました。どうしようかと思って困った私は、そのときは、短い短編だったので、私自身が書いていた短編に置き換えて編集者に渡したんです。その後も、たまにまともな原稿を書くときもありましたが、だんだん崩壊の度合いがひどくなっていきました。その分だけ、私が自分であの人の原稿を補う比率が高まり、去年からは、ほとんど私が自分一人で、あの人名義の原稿を書くようになっていたんです」

「そんな……」

「最初は、あの人がずっと休みなく小説を書きすぎて、精神的にすっかりまいってしまったんだと思いました。あの人に必要なのは休憩だと思って、保養地をめぐったり、半年ほど仕事をやめさせたこともありました。ですが、八方手を尽くしてもあの人の筆は戻りませんでした。もしかしたら、あの人に必要なのは、心の病の治療なのかもしれません。私もできることなら、あの人のサポートをしてあげたいと最初は考えました。私なりに今までは一生懸命尽くしたつもりです。でも、もう限界です。全部私が書いたものが、すべてあの人名義のものになっている現状には、これ以上耐えられません。英二さんも、おわかりいただけまして？」

「でも……」

突然の意外な告白に、英二はどう対応してよいかわからず、頭の中には、混乱した思考がぐるぐると渦を巻いて回っていた。

佳代子は時計を見て、「もうすぐあの人が帰ってくる時間です。今日の話は、どうかご内密にしてください。私としては、別れるにしても、作家・碧川栄一の不名誉にならないよう、内密に穏便にことを運びたいと思っています。離婚するからといって、あの人への復讐をしたいわけではありませんから。ですから、今聞いたことは、くれぐれも他言無用に願います」

「でも……」

何かひっかかる。佳代子のこの発言も、どこかおかしい。英二の頭の中で、そういう思いが、遠い警報機のように鳴り響いていた。しかしどこがおかしいか。混乱した現状では、はっきり見定めることはできなかった。

追い出されるように、英二は、兄の宅を出た。その晩は、結局、兄と顔を合わせる機会はなかった。

*

英二が、そのおかしさの原因に思い当たったのは、それから三日後のことだった。

英二が兄宅で見た手紙の文面――あれは、明らかに兄の筆跡ではなかったが、佳代子のものでもなかった。もし、佳代子の言うとおりだとしたら、あの便箋の手紙に見えた小説の一部は、佳代子自身が書いたものでなければならないはずだ。しかし、何度か手紙をもらったときに見て覚えている佳代子の書く文字は、あの字体とは明らかに異なっている――ように思える。もちろん確実な断定はできない。もしかしたら、佳代子は、手紙文とはだいぶ異なった字体で、ああいう風に書いていたのかもしれない。

しかし、英二の直感は、あれが佳代子の書いたものではないと告げている気がした。とすると、佳代子は英二を欺いていたことになるのではなかろうか。そうすると、なぜ佳代子は英二に嘘をついたのだろうか。あれを書いたのは、誰なのか？　ただ、それにしても、兄の書斎で見せてもらった、兄の筆跡の支離滅裂な原稿の束からすれば、兄が小説を書けなくなっているのは本当らしく思える。佳代子の語ったことは、どの程度まで真実なのだろう。誰か別人物が、二人の間に介在しているのだろうか。佳代子が意図的に自分に嘘をついていたとすると、その裏にはなにか別の意図か陰謀が隠れているように思えてくる。

その日は、残業が入ってしまい、会社を出たときには、午後十時を過ぎていた。

兄の宅を訪問するにしては、少し遅い時間になってしまった。兄は深夜まで起きているのが常であると聞いているが、それでも、夜の仕事時間に訪問しては迷惑がられるかもしれない。

それでも、兄夫婦のことが気になったので、会社から近所だということもあり、自宅に帰る前に、ちょっと様子を覗いておこうと思った。

とっぷり暗くなった夜道を歩き、英二は、兄の家の前にやって来た。既に時刻は午後十一時近い。

近づいてみると、門灯も家の中も、明かりが消えている。

（これは遅く来すぎたな）

そう思って、今日は引き返そうとした矢先、碧川家の明かりがついていないガレージの暗闇の中で、ガサゴソと人影が蠢《うごめ》いているのが見えた。

（誰だ……？　こんな時間に？）

もし家の者がガレージに用があるなら、ガレージに明かりを灯さなければおかしい。

（泥棒か？　兄の家に？）

不審に思って、英二は、碧川家のガレージの方に近づいていった。よく見ると、明かりは点灯していないのに、小さな懐中電灯のような光が漏れている。人がそこにいて、何か重い物体を持ち上げて、車のトランクに積み込もうとしている様子なのが英二の目に入った。

英二は、ガレージに近づき、「誰？　そこにいるのは？」と声をかけた。

途端にびくっとして動きが止まり、何かをドサッと落とす音が聞こえた。

懐中電灯の光線が動いて、立ちすくむ兄の姿が、英二の目に入った。

軍手をして作業着を着ており、その衣服には、赤い鮮血がこびりついていた。

そして、その足下に倒れたものを見て、英二は凍りついた。

乱れた着衣をした、ぐったりしている女性——土色の肌をして、腕と足の関節が奇妙な角度にねじ曲がっている。

生きているとは思えない人のからだ——

若い女性の死体だ。胸に大きな血染がひろがり、鋭い刃物で胸を刺されたらしい。

英二は思わず悲鳴をあげた。

その女性の顔には見覚えがあった。

見染琴美だ。

英二の悲鳴を聞いて、隣り近所の窓に明かりが灯った。

栄一は、観念したようにくたくたとしゃがみこんだ。

「あなた！」

玄関の扉が開いて、佳代子が飛び出てきた。彼女がつけているエプロンにも、赤い血がついていた。

「終わった……。何もかも……」

情けなさそうな声を出して、栄一はその場にうずくまった。

「終わり……？　私は小説を書くわ！」佳代子はそう叫んで甲高く笑い始めた。「終わったんじゃない！　始まりよ！　私はこれから一人で作家になるの！　小説を書くの！　あなたとはもうおしまいだけど。ホホホホホ……」

事態の意味がつかめず、英二はただ呆然と立ちすくんでいた。

変事を聞いて駆けつけた近所の人間が数人、門の前に集まってきた。そのうちの一人が、明るいライトを持ってきて、碧川家のガレージを照らした。そして、みなガレージに転がっている若い女性の死体を見つけて息を飲み、女性の口から甲高い悲鳴があがった。誰かが急いで警察に電話したらしく、じきに、パトカーのサイレンの音が聞こえてきた。その間、英二は立ちすくんだまま、ずっと動くことさえできなかった。

＊

碧川栄一と佳代子夫妻は、駆けつけた警官隊によって、ただちに見染琴美殺害の容疑で現行犯逮捕された。

殺人容疑で起訴された二人は、素直に犯行の事実を認めた。殺害の動機は、痴情のもつれとされた。小説講座の生徒の一人だった見染琴美は、碧川栄一と男女の深い関係をもつようになったが、その事実を逆手にとって、琴美は栄一に、今の妻と別れて自分と結婚するよう強要したという。軽い遊び相手のつもりで関係をもったが、結婚までするつもりはなかった栄一は、妻と謀って、邪魔になった琴美を殺害したというのが、二人の自供による、犯行にいたる経緯である。

拘置所に抑留されている間も、裁判が開始されて以降も、碧川夫婦は、親族や友人との面会を一切拒否した。英二も、何回か面会に訪れたが、ずっと彼らに拒絶され、ついに兄と顔を合わせる機会はないままだった。

裁判にも何回か傍聴しに行った。そのときたまたま傍聴席で隣りに居合わせた星野君江という女性が、「本当のことを自白していないわね」とつぶやいたのが印象に残っている。英二はその言を耳にして、彼女に「どういうことか」と説明を求めたが、その女性は謎めいた笑みを浮かべただけで、英二の前から去ってしまった。

翌年に結審した裁判では、殺害の主犯として栄一が懲役二十年の実刑判決、佳代子は従犯として罪は軽減され、執行猶予の判決を受けた。二人とも控訴はせず、そのまま有罪判決が確定した。

しかし、英二は二人の犯行自供書を読んでも、釈然としない気持ちが残った。

夫と妻が二人して、夫の愛人を殺害するという構図は、変ではないだろうか？　妻が、夫の浮気相手の女性を殺害するならわかる。あるいは、夫が浮気相手の女性と共謀して、妻を殺すならわかる。しかし、今回の事件は、そのどちらでもない。どうして夫と妻が共謀して、夫の愛人を殺害しなければならないのか。自供を読んでも、納得できない面が大きい。裁判の途中でも、そういうことに触れた審議がなされたらしいが、結局、二人の供述書の内容がそのまま採用された形だ。

それに、あの明るく元気そうだった琴美という女性が、兄の愛人だったというのも、どこか信じられない気がした。

おかしい。どこか狂っている。

英二がそういう思いを抱いたまま、いつしか時が流れた。

＊

兄の刑期も半分以上が終わり、そろそろ仮出所する機会が与えられるかもしれないということを、英二は、兄の弁護士をしていた人物から聞かされた。服役して以降、兄のことは親族の間では禁句となり、英二自身、職を変える羽目になった。時が経つにつれ、いつしか英二の中では、事件のことも、兄の記憶も薄らぎつつあった。

実刑にはならずに済んだ佳代子の消息は、たえて聞かない。自分が小説家になるつもりだと英二に宣言していたのに、彼女が自分の本を出版している形跡は、ない。風の便りに、どこかで水商売をしている佳代子らしい女性を目撃したという噂を一度耳にしたが、英二はもはや彼女のことは関心の外になっていた。

それが思わず、正月に自分の住まいに、兄宛の年賀郵便が届いたので、英二は驚く羽目になった。一番近しい近親者ということで、兄宛ての郵便があったときには、自分宛てに配達してもらうように郵便局には届け出をしてあり、事件後の一、二年はぽつぽつと兄の知人たちからの郵便を受け取っていた。兄の栄一からは、自分宛の郵便を転送する必要はなく、英二がすべて処分するようことづかっていた。しかし、この十年ほどの間、たえて、兄宛ての郵便物を受け取ったためしはない。

その差出人を見て、英二は、ぎょっとした。

そこには、「見染琴美」と記されていた。茶色い大きめの定形外封筒はかなり厚みがあり、中には相当量の便箋か紙が入っていると思われた。

死者からの手紙が霊界から届いたような気がして、一瞬ぞっとしたが、よく調べてみると、それは一九八六年に催された「風の国フェスタ'86」のイベントの一環として「メールカプセル21」という企画用に投函されたものだと判った。そこに投函された葉書や手紙は、二十世紀中は郵便局で保管され、二十一世紀が明けたら年賀郵便として配達されるということになっていた。英二自身は、そんな郵便は出さなかったが、そういうイベントがあり、「二十一世紀への年賀郵便」とか「手紙のタイムカプセル」という企画があったのは覚えていた。

（あれで……!?）

（殺された彼女が、兄宛てに手紙を出していた……!?）

封を切る手ももどかしく、英二は、その封を切った。その内容を読み進むうちに、我知らず、英二の指は細かく震え始めた。

親愛なる碧川先生

私の最初の著書が刊行されることが決まった記念すべき日に、この手紙を書いています。私が投稿した『鏡の向こうの悪夢』が、新人賞の最終候補に残ったことは既にお伝えして、いまこの手紙を書いている時点では、本選考はまだなので、大賞がとれるかどうかはわかりませんが、今日編集の方から、受賞の有無にかかわらず、刊行予定作とさせていただきたいとの連絡を受け、有頂天になっています。私がここまでたどりつけたのも、小説講座での先生の丁寧な指導の賜物です。

先生もご存じのように、私は、子どもの頃から、作家になるのが夢でした。

その夢の実現に向けて一歩を踏みだした今、「手紙のタイムカプセル」という企画があるのを見て、二十一世紀のまだ知らない自分と、先生宛てに手紙を書いてみようと思いつきました。

二十一世紀になったときは、私も三十五歳になっています。そのときまでには、文壇の一角を占める作家として地位を築けているといいなあと、夢想しています。その頃は先生はどういうお仕事をしていらっしゃるでしょうか。

同封したのは、私のデビュー作となる『鏡の向こうの悪夢』の第一稿というか、元々の最初にあの作品の原型となった、講座課題用の試作小説です。ほんの半年ほどの前に書いたものなのに、今読むと、あまりに下手で赤面したくなります。その文章に丁寧に赤字で修正してくださった原稿は、私の宝物です。それを私は、この手紙に入れることにしました。過去の自分を、この未来へのタイムカプセルに入れて、訣別して新しい旅立ちを迎えたいという気持ちもあります。十五年ほど前に、こんな生徒のこんな文章を直していたんだと、懐かしく思い出してくだされば、こんなに嬉しいことはありません。

先生はよく私によくおっしゃってくださいました。「見染君は、着想は豊かなんだけど、文章化する技術がまだまだだね」。その言葉にめげずに、奮起して、今まで文章を磨く努力を積んできたのが、今日の結果につながったと思います。

以前はよく、「私のアイディアを使ってください」「先生のお作でも、自分のアイディアが本になるところが見たい」などというわがままを先生に押しつけたこともありました。先生はご親切にも、私のリクエストにこたえて、私が小説にはまとめられなかったアイディアをご自分の小説にお使いくださいました。

でも、もうそんなわがままで先生を悩ませることはしません。これからは私もプロの作家の仲間入りをして、自分の力で、自分のアイディアを自分の本に盛り込むつもりです。もちろんまだまだ自分が未熟なのは自覚していますが、先生の域を目指して、ずっと精進していくつもりですから、あたたかく見守っていてくださいね。
二十一世紀になっても、先生とずっと親しくさせていただいているといいなと思っています。

一枚目の便箋は、それで全文だった。その後に数十枚から成る原稿用紙の束が同封されている。どうやら、琴美自身の手書きの原稿のようだった。内容は、夫婦の心理的緊迫を描くサイコサスペンス物のような印象だ。ところどころ修正が入っている赤字の文字の筆跡は、英二の見覚えがあるものだった。それは、兄の栄一の書いたものに相違ない。その小説をずっと読み進めていくうちに、英二は、見覚えのある一節に突き当たった。

「尊敬する緑川さま
いきなりこのような手紙を差し出すご無礼をお許しください。
あなたは、私を知らないはずですが、私はあなたがたご夫婦を知っています。私は、緑川さまの小説の読者です。そして小説作品を通じて、あの方の高潔なお人柄を信じていたのに、あの方がひどい裏切りをしていることに、私は憤慨せずにはいられませんでした。あの方は、鳥籠から出された鳥のように、楽しそうに翼を広げ、放縦に耽っています。あの方は、あなたの知らないところで、あなたに近しい、ある方をその毒牙にかけたのです。あの方は、その魅惑的な容姿と言動で、さる方を惑わし、はっきり口にするのも憚られる、所行に及んだのです。あなたは、この裏切り者の名前をお知りになりたいでしょうか……」

間違いない。細かな字句は変わっているが、あのとき英二が読んだものに他ならない。そして十数年の歳月を隔てても、鮮明な記憶に焼き付けられたあのときの便箋の文字だけは、はっきりと覚えていた。あのとき見た文字と、この手紙の書き手の筆跡は、明らかに同一だ。あの文面は、この手紙の差出人である琴美が書いたものに間違いない。

いま英二の脳裏に、あのときの事件の構図と背景がくっきりと浮かび上がってきた。

兄の栄一は、小説家志望の琴美の試作品を、盗作して、自作に用いていたのだ。それは、琴美の姉である佳代子も知っていたに違いない。この盗作は、夫婦の同意のもとに共謀してなされていたに違いない。

だから、琴美の投稿した小説が最終選考に残り、刊行が決まったのは、兄夫婦にとって破局的事態だったのだ。栄一名義で既に『反転する鏡』という、琴美の小説を盗んだものが刊行されていたのに、それと同じ着想のものが、琴美名義で刊行されることは、小説家・碧川栄一にとって致命的事態になる。だから、栄一は、なにか理由をつけて琴美を呼び出し、夫婦共謀で彼女を殺害し、彼女を、自作の刊行前に葬ってしまおうとしたのだ。

佳代子が、小説を書いていると言ったのは虚勢にすぎない。実際に小説を書けたのは、佳代子ではなく、彼女の妹だったのだ。取り調べや裁判でさえ、栄一が本当の殺害動機を語らなかったのは、自作が教え子の盗作であるという不名誉から、自分の刊行作を守りたいためだろうか。

近くに越してきて自宅を訪問してくる英二の存在は、兄夫婦にとっては、厄介な存在だったろう。下手をすると盗作の動かぬ証拠となる小説の一節を英二に読まれた彼らは、その文章が、不倫を告発する手紙と読めるのをいいことに、互いの浮気を疑い合っている夫婦を、英二の前で演じたのだ。とすると、英二が訪ねたときの夫婦喧嘩の原因もなんとなく想像がつく。それは、浮気の問題ではなく、ネタを盗んでいた教え子の小説の刊行が決まったことを火種とする内紛だったのではないか。

英二は、一度だけ会話をかわした琴美の明るい笑顔を思い浮かべようとした。

しかし、記憶の風化によって、琴美の顔は、ぼんやりとしか思い出せない。

琴美のことを思って、英二は、ひとしきり声を押し殺して泣いた。

あとがき

作者が自作について語るのはあまりよい趣味ではないと思うようになったので、「あとがき」をつけるのは控えようと最近はしているのだが、この短編集については、企画作品集中の一編などが含まれているため、注釈が必要であると考え、「あとがき」をつけることにした。

どうも私の場合、「二作目より一作目の方が先に刊行される」というジンクスがあるようだ。最初の長編『ローウェル城の密室』よりも、二番目に書いた長編『コミケ殺人事件』の方が先に出たし、最初に翻訳したカリール・ジブラン『狂人』（『漂泊者』所収）よりも、二番目に翻訳したミハイル・ナイーミ『ミルダッドの書』が先に出たし、最初の評論書は「創元推理21」誌上に連載した『英文学の地下水脈』になるはずだと思っていたら、二番目に書いた『探偵小説の論理学』の方が先になってしまったし、短編集に関しては、一九九六年以降こつこつと書きためた星野君江シリーズを最初にまとめようと思っていたのに、二番目に書いた『大相撲殺人事件』の方が先に出てしまった。そういうわけで、これは私の短編集としては二作目になるのだけれど、実質的な処女作を含む最初の作品集とも言える内容のものである。

以下、収録順に作品について簡単なコメントをつけておく。

「チベットの密室」

これは、元々は、第五回「幻影城」新人賞に応募しようとして書いたものである。当時私は中学二年生、十四歳だった。しかし、「幻影城」では、第五回の新人賞募集と告知があったにもかかわらず、それを実施する前につぶれてしまった。あの新人賞に応募しようとしていたのは、私の他にも大勢いたと思うが、そのとき集まった原稿たちはどうなったのだろうか。当時の「幻影城」を知る人から、間接的に、日の目を見なかった大量の応募原稿の束を目撃したと聞いたことがある。

このとき書いたものは長さは原稿用紙にして六十枚くらいだったと思うが、突然女探偵が密室講義を始めるという無謀なものだった。その密室講義の部分は、その後高校一年(十六歳)のときに江戸川乱歩賞に応募するために書いた『ローウェル城の密室』に、ふくらませて流用することにした。で、密室講義のパートを排除し、ストーリーの骨格とトリックだけを生かして改稿したものが、この「チベットの密室」である。ただ、これは、チベットの実態を正確に反映しているとは言いがたいので、ファンタジーな異国ものとでもとらえていただきたい。「幻影城」の新人賞が実施されたとしても、この作品が受賞することはたぶんなかったろうと思う。だから、ある意味では、この作品が、『ローウェル城の密室』に先立って、私の処女作と言えるものである。

ちなみに、助手のワトスン役の常田清純と星野君江が知り合うことになった最初の事件は、『マヤ終末予言「夢見」の密室』(祥伝社ノンノベル)で描かれている。

「インド・ボンベイ殺人ツアー」

実際にインドを旅していた経験を生かして書いたもの。作中に出てくるインド鉄道の時刻表は、ボンベイの駅の売店で買ったものを使った。ひさしぶりに読み返して、インドの旅ではあんなことやこんなことがあったと懐かしく思い出した。最初に「小説ＮＯＮ」に掲載したときには、原稿枚数の上限（五十枚）を二割ほどオーバーしていたので、インドの風俗描写のある前半を泣く泣くカットした。その後、「新世紀『謎』倶楽部」に収録されたときに、その箇所は復元してロングバージョンになっている。

「ロナバラ事件」

「インド・ボンベイ殺人ツアー」で内容が予告されていた事件で、私も、その後に雑誌に書こうと思っていたのに、なぜか発表の機会がなく、ずるずると今日まできてしまった。ワープロをひっくりかえしてみると、「ロナバラ事件」の初稿は一九九七年一月には着手している。どうしてこんなにそれが完成するのが遅れてしまったのか、私としても不可解である。「小説ＮＯＮ」に掲載された「チベットの密室」の初出でも、この事件の存在に触れられているから、最初からこの事件のことは念頭にあった。舞台となるのは、私がインドに滞在していた一九九六年なので、今はまた様変わりしていることと思う。物価や通貨換算などは、その当時のものである。

この事件を除くと、依頼をうけた事件をちゃんと解決した作品が、この中にあまりないので、星野探偵の手腕と今後について、作者ながら少々心配になる。
作中で描かれているとおり、インドのカレーで、あまりの辛さに悶絶した経験があるために、日本で辛さ二十倍とか銘打たれたカレーを食べても、本場のあの辛さには遠く及ばないと感じている。

「池ふくろう事件」

私もひとつ「日常の謎」を書いてみようと思って挑戦してみたら、こんな変てこりんな話になってしまった。実体験をもとにしているが、あのときの中学生がなぜあんなに長時間あそこにへばりついていたのか、今でも不可解である。

「一九八五年の言霊」

東京創元社より刊行された『新本格猛虎会の冒険』（二〇〇三年）の一編として寄稿したもの。阪神タイガースを題材にしたミステリ連作集というのは、前代未聞だろう。その刊行された年に、阪神は十八年ぶりに優勝したのだから出来すぎである。

これ以降の三編は、語り手の常田は登場していない。

「死を運ぶ雷鳥」

「ジャーロ」に連作として掲載され、『EDS緊急推理解決院』としてまとめられた中の一編。私が担当したのは、「外国人推理科」のパート。題名としては「死を運ぶ雷鳥」とつけておいたのだが、連作の中では、その題名は落とされてしまった。少し改稿してあり、星野探偵が絡むようにしてある。


「疑惑の天秤」

「ジャーロ」に連作として掲載され、『新世紀犯罪博覧会』としてまとめられた中の一編。二十年後の二十一世紀になってタイムカプセルをあけて手紙を配達するという、かつての大阪万博でやったのと似た設定で、ミステリを連作するというもの。他の作家の作品はいずれも二十年後の方が主舞台となっている中で、自分の作品だけが古い方の時代が主舞台となっていたのが、印象に残っている。星野さんの登場はほんのちょっぴり。順番に読んでいくと、だんだんと出番が少なくなっていって、このままフェードアウトしないかと心配になってくる。

この次の星野探偵の短編集は『星野君江　最後の相槌』を予定していますので、そのときまで皆様ご機嫌よう。

【初出一覧】

「チベットの密室」……「小説NON」一九九六年九月号
「インド・ボンベイ殺人ツアー」……「小説NON」一九九七年一月号
　所収：「新世紀『謎』倶楽部」（角川書店）一九九八年
「ロナバラ事件」……書き下ろし
「池ふくろう事件」……「小説NON」一九九七年九月号
「一九八五年の言霊」……『新本格猛虎会の冒険』（東京創元社）二〇〇三年
「死を運ぶ雷鳥」……「ジャーロ」二〇〇五年春号
　所収：『EDS緊急推理解決院』（光文社）二〇〇五年
「疑惑の天秤」……「ジャーロ」二〇〇一年秋号
　所収：『新世紀犯罪博覧会』（光文社）二〇〇一年

小森健太郎　著訳書リスト

＊刊行著書（小説）
『コミケ殺人事件』（出版芸術社）／一九九四・十一／（ハルキ文庫）／一九九八・十二
『ローウェル城の密室』（出版芸術社）／一九九五・九／（ハルキ文庫）／一九九八・五（江戸川乱歩賞最終候補）
『ネヌウェンラーの密室』（講談社ノベルス）／一九九六・一／（講談社文庫）／一九九九・十一
『ネメシスの哄笑』（出版芸術社）／一九九六・九
『バビロン　空中庭園の殺人』（祥伝社文庫）／一九九七・四
『神の子の密室』（講談社ノベルス）／一九九七・五／（講談社文庫）／二〇〇三・七
『眠れぬイヴの夢』（徳間書店　トクマノベルズ）／一九九七・十一
『マヤ終末予言「夢見」の密室』（祥伝社　ノンノベル）／一九九九・四
『駒場の七つの迷宮』（光文社　カッパノベルス）／二〇〇〇・八
『ムガール宮の密室』（原書房）／二〇〇二・八
『Gの残影』（文藝春秋）／二〇〇三・三→『グルジェフの残影』（文春文庫）／二〇〇六・七
『大相撲殺人事件』（角川春樹事務所　ハルキノベルス）／二〇〇四・二
『魔夢十夜』（原書房）／二〇〇六・六
『星野君江の事件簿』（南雲堂）／二〇〇八・六＝本書

＊刊行著書（評論）
『探偵小説の論理学』（南雲堂）／二〇〇七・九

＊共著

『新世紀「謎」倶楽部』（角川書店）／一九九八・七／（角川文庫）／二〇〇一・八

『本格ミステリーを語ろう！』（芦辺拓・有栖川有栖・二階堂黎人との鼎談）（原書房）／一九九九・三

『堕天使殺人事件』（角川書店）／一九九九・九／（角川文庫）／二〇〇二・五

『贋作館事件』（原書房）／二〇〇〇・九

『新世紀犯罪博覧会』（光文社　カッパノベルス）／二〇〇一・三

『新本格猛虎会の冒険』（東京創元社）／二〇〇三・三

『黄昏ホテル』（小学館）／二〇〇四・十

『ＥＤＳ　緊急推理解決院』（光文社）／二〇〇五・十一

『探偵小説のクリティカル・ターン』（南雲堂）／二〇〇八・一

＊翻訳書

ミハイル・ナイーミ著『ミルダッドの書』（壮神社）／一九九二・十二

カリール・ジブラン著『漂泊者』（壮神社）／一九九三・五＝共訳

コリン・ウィルソン著『スパイダー・ワールド　賢者の塔』（講談社ノベルス）／二〇〇一・三

コリン・ウィルソン著『スパイダー・ワールド　神秘のデルタ』（講談社ノベルス）／二〇〇一・十二

ヴァン・ダイン著『ファイロ・ヴァンスの犯罪事件簿』（論創社）／二〇〇七・八

星野君江の事件簿
二〇〇八年六月二十四日　第一刷発行

著　者　小森健太朗
発行者　南雲一範
装丁者　岡 孝治
発行所　株式会社 南雲堂
東京都新宿区山吹町三六一　郵便番号一六二―〇八〇一
電話番号　（〇三）三二六八―二三八四
ファクシミリ　（〇三）三二六〇―五四二五
振替口座　東京　〇〇一六〇―〇―四六八六三
印刷所　株式会社 木元省美堂
製本所　株式会社 長山製本

Printed in Japan　ISBN 978-4-523-26476-7　C0093